Ku

Tracily

Imena, liki, podjetja, kraji, dogodki in incidenti so proizvodi avtorjeve domišljije ali uporabljeni fiktivno. Vsaka podobnost z dejanskimi osebami, živimi ali mrtvimi ali dejanskimi dogodki je čisto naključna.

Posvečenost

Vsem legitimnim in poštenim novinarskim organizacijam, ki so se posvetile govoriti resnici, vključno z CNN, NY Times in The Washington Post. Če citiram Chrisa Cuomoja, "Pojdimo po to!"

Zgodovina mene in moje povezave z Martinom Wagnerjem

Preden začnem s knjigo, bi se moral predstaviti. Ime mi je Emerson Montgomery. Precej dobro ime za novinarja, se vam ne zdi?

Kakor koli, jaz sem drugi od treh sinov, ki sta se jima rodila Paul in Rose Montgomery. Živeli smo v skromnem bungalovu v Brooklynu, NY. Moj oče je delal kot tuji dopisnik za ABC News, medtem ko je bila mama polna rok z mojimi brati in mano.

Mislil sem, da ima moj oče največjo službo na svetu; vsakih nekaj dni potuje v različne kraje. Bil je navdih za to, da sem postal novinar. Če sem ga gledal, kako poroča iz daljnih krajev, me je priklenil že od prvega dne.

"Ne dovolite, da vas lokacije, ki so videti eksotične, prevarajo, sin," je svetoval. "Nisem tam, da bi si ogledal znamenitosti. Moja naloga je, da pokrivam prelomne novice; večina od njih še zdaleč ni prijetna.

Ali ste vedeli, da sem skoraj sranje hlače, ko sem prvič zajel oboroženi spopad? Če želite biti novinar, ga morate sesati, si obleči hlače velikega fanta in se pretvarjati, da vas okolica ne moti. "

Čeprav sem prepričan, me je skušal odvrniti, naj sledim po njegovih stopinjah; na dvanajstletna ušesa mi je zvenelo, kot da me oče spodbuja. Noben od mojih staršev ni verjel, da bi nas otroke odvrnili od naših sanj, tudi če bi se želeli pridružiti cirkusu; kar je hotel narediti moj mlajši brat. Kdo je vedel, da bom vsak dan sredi cirkusa?

Kot politični poročevalec sem se soočal s komično dramo, se je zdelo, vsak trenutek v dnevu. Ampak ne bi trgoval za nič. Pokrivanje politike je imelo manj možnosti za poškodbe ali smrt kot za pokrivanje vojn v tujini.

Moj oče tega nikoli ni priznal, mama pa mi je nekega dne zaupala, kako pogosto se je oče bal, da se ne bo vrnil domov v enem kosu, če sploh. Po vsakem potovanju smo ugotovili, da je del mojega očeta umrl ali se je trajno poškodoval.

Vse bolj je postajal samosvoj; iskanje tolažbe v pijači. Iz ljubečega, nežnega človeka se je spremenil v kantavtorja, grenkega starca.

Po mojih izkušnjah iz oboroženih konfliktnih regij razumem, zakaj je moj oče pri petdesetih letih podlegel srčnemu napadu. Verjel sem, da je izgubil voljo za boj za svoje življenje, zato sem prisegel, da ne bom nadaljeval kot vojni dopisnik. Žena in otroci so me potrebovali popolnoma angažirano in ne moške lupine.

Imel sem čudovito srečo, da sem sodeloval z novicami, ki so me razumele in spravile v politično sfero. Spoznali so, da moja pristna strast pripada političnemu ritmu.

Ko se je sredi osemdesetih Martin Wagner pojavil kot vidna osebnost, mi je po črevesju rekel, da je na nepremičninskem mogulju več kot na oko. Wagner se mi je zdel pompozen, aroganten in povsem poln sebe. Prihajal je iz denarja in ga ni preganjal.

Morate misliti, da sem snob za tako razmišljanje. Ali pa morda zavidam? Mogoče, ampak ne ravno. Če človek s trdim delom in odločnostjo pridobi bogastvo, s tem nimam težav. Spoznal sem veliko teh samozvanih ljudi in so najbolj prijazni, najbolj radodarni posamezniki, kar sem jih kdaj imel vedeti.

Najdem nekaj otrok iz premožnih družin - opomba; Nekateri sem rekel - so bolj arogantni in pravični. Z Martinom Wagnerjem je točen opis. Ne maram ga od trenutka, ko sem ga spoznal. Ugotovil sem, da je premočan, nesramen in ne tako pameten, kot je trdil.

Spoznala sva se na dobrodelni dražbi in večerji za newyorški otroški center. Wagner se ni hotel stiskati z nobenim od moških, ampak se je pošalil po vsej udeleženki. Po izrazih na njihovih obrazih bi lahko povedal, kako neprijetno jim je biti ob njem.

Ko je pristopil k četrti ali peti dami, sem ga končno imel dovolj in se soočil z njim glede njegovega vedenja. "Odnehaj, Martin," sem zahteval. Odsvetoval se je nevednosti, a točno je vedel, kaj mu govorim.

"O čem govorite, gospod Montgomery?" Z njim sem stal od nosu do nosu in ni pokazal zastraševanja.

»Točno veste, o čem govorim. Ženskam tukaj postane zelo neprijetno in nobena od njih ne želi vašega napredovanja. Takoj se ustavi."

Wagner je popustil in prisežem, mislil sem, da lahko v njegovih očeh vidim strah in bes. Imam štiri hčerke in bi rad, da jih kdo brani, če me ne bi bilo zraven.

Zadnja stvar, ki bi si jo želela za moja dekleta, je, da imajo kjerkoli v bližini lezenje kot Wagner. Na srečo smo jih mama in jaz vzgojili, da se spoštujejo in da se izognejo vsem, ki so ravnali tako, kot je to storil Martin Wagner.

Leto ali približno po dobrodelni prireditvi me je moja postaja prosila, da opravim intervju z Wagnerjem. Sem se obotavljal, če bi to storil, ker sem bil negotov, ali se bo spomnil incidenta ali ne.

Moji višji stacionarji so me obvestili, da moram odložiti lastno neprijaznost, biti profesionalec in opraviti svoje delo. Zato sem poklical Wagnerjevega pomočnika in ustanovil sestanek.

Ko intervjuva ni odpovedala, sem se mu zdel pozabljen na soočenje. Ampak potem sem se spomnil, kako poln je sebe in ne bo zamudil priložnosti, da bi se hvalil s svojimi dosežki.

Ko sem prišel do Wagnerjevega vzpona, se je Martin razjezil, ko se je sprehajal po konferenčni sobi. Intervjuja je zavrnil in trdil, da so ga prisilili, da je privolil v razstavo z nekompetentnim novinarjem.

"Nismo storili česa takega in veste. Vi ste tisti, ki ste želeli ta intervju in ste za to zahtevali najboljše. Preprosto ste besni, ker oseba, ki so jo poslali, noče priti do vas.

Ta incident na dobrodelni prireditvi bi vam moral povedati, da nisem tisti, ki bi ga lahko ustrahovali. Takrat še nisem in ne bom.

Žoga je na vašem dvoru, gospod Wagner. Ali naredite segment z mano ali ga sploh ne storite. Kakšna je torej razsodba?"

Gledal sem, kako se je Martin še naprej mučil po sobi in kljuval. Prisežem, videl sem, da iz njegovih ušes izhaja para. Vendar se je dovolj umiril, da je opravil intervju, čeprav z zamero in veliko sovražnostjo.

Martin se je ves čas intervjuvanja zazrl vame. Vprašal sem, kako je financiral svoj prvi projekt na Manhattnu. "Z banko sem si zagotovil majhno posojilo, ki mi je pomagalo, da sem stopal na tla."

Dvignil sem obrv, vedoč, da to ni resnica. Pa ne popolne resnice. "Kolikor razumem, gospod Wagner, vaš oče vas je financiral za vaš prvi podvig. Se to ni zgodilo?"

Opazoval sem, kako se je Martin preusmeril na svoj stol in skušal najti način, kako odvrniti svoj odziv. "Da, oče mi je dal nekaj denarja vnaprej, vendar samo toliko, da sem lahko začel. Preostali denar sem prišel iz bančnega posojila za dokončanje mojega prvega projekta.

Do konca dokončanja mojega kompleksa stanovanj sem si že povrnil sredstva za odplačilo posojila in si ustvaril čist dobiček.

Sem odličen poslovnež, Montgomery. Vsi vedo; vsi, razen ti, očitno.

Veste, da vem, nameravali ste me spodkopati od prvega dne, ko smo se srečali. Kaj imaš proti meni? "

Pokazal sem svojemu snemalcu, naj prekine snemanje. Če sem poznal Wagnerja, sem razumel, kaj hoče - ujeti me na kaseto in povedati nekaj, za kar bi morda obžaloval, ali ga uporabiti kot izsiljevanje.

Wagner me je sovražil, ker sem ga ponižal na dobrodelni prireditvi in hotel najti kakršen koli način, kako bi natančno določil svoje maščevanje. Ni računil, da se zavedam njegovih namenov. Potem je spet imel zgodovino, da je podcenjeval vse okoli sebe.

Ko je moj kamerman signaliziral, je nehal snemati; Sklonila sem se in strmela v Wagnerjeve hladne modre oči. "Zdaj me poslušaj, Martin Wagner. Nisem eden izmed vaših lačnikov, ki ga lahko ustrahujete kadar koli želite.

Ali sodelujete ali ne in resnično odgovarjate na moja vprašanja, je to popolnoma odvisno od vas. Ampak jaz ne bom sedel tukaj in me spoštujete mene ali moje kolege. Ali se popolnoma razjasnim? "

Martin mi je vrnil pogled, vendar se je strinjal, da nadaljujem z intervjujem. Od tega dne naprej me je Martin obravnaval sovražno in zamerljivo. Bil sem eden redkih moških novinarjev, s katerimi se je prezirno spopadel; nekaj, kar je rezerviral za moje rojake.

Z vsakim odkritim odgovorom, ki mi ga je dal, sem vedel, da opravljam svoje delo in postavljam prava vprašanja. Martina Wagnerja so raje spraševali o preprostih zasliševanjih, ki niso potrebovali nobenega razmišljanja, tisti od nas, ki smo opravljali naša opravila, pa so izpuščali tista, ki zahtevajo legitimen in pošten odgovor.

Venom je odmeval ostale odgovore. Bil je sarkastičen in si je pogosto nasprotoval. Vrgel je muko, ko sem opozoril na njegova protislovja in netočnosti.

Tudi ko smo mu posnetek predvajali kot dokaz, je še vedno vztrajal, da nikoli ni dal takšnih komentarjev. Moja posadka je zasukala oči, a drugače ostala strokovna in vljudna. Ko smo končali in odšli, nas je veliko nasmejalo.

Nihče od nas ga ni mogel jemati resno in po ogledu intervjuja smo verjeli, da nihče drug ne bo. Kdo je vedel, da se bomo tako zmotili?

Martin mi je zameril toliko kot jaz. Sovražil je dejstvo, za katerega sem vztrajal, da sem odgovoren za svoje besede in svoje vedenje. Odklonil se nisem niti njegove nadlegovalne taktike niti poskusov, da bi se izognil odgovoru na moja vprašanja.

Njegovi podrejeni so ravnali enako in zamerili potisni mene in moje kolege novinarje. Zdi se, da naša naloga ni bila težavna vprašanja, sporočanje resnice in odgovarjanje. Naša peta nepremičnina je bila poročati novice, ne glede na to, kako prijetna ali neprijetna je.

Najslabši del vseh njihovih norih načinov je bil, da so te izrode postale novice namesto dejanskih dogodkov, ki so pomembni za novice. Mnogo nas je to zmotilo v zakonitih novinskih organizacijah. Raje bi opravljali svoja dela in poročali o dogajanju po svetu, namesto o drobnih hibah Martina Wagnerja in njegove uprave.

Niso želeli videti, kako nezreli so se pojavili, kadar so pretiravali na naša vprašanja ali se branili, ko jim je postavilo vprašanje, ki ga ne cenijo ali na kaj odgovoriti. Mnogi Wagnerjevi tiskovni predstavniki so se pogovarjali z novinarji, ko so novinarji poskušali opozoriti na pomanjkljivosti v svoji logiki.

Vsi smo vedeli, da bodo raje pihali po novinarskih sestankih in vrteli kakršno koli zgodbo, ne da bi jo priklicali. Na žalost zanje ni tako delovalo v ZDA. Nismo mogli dovoliti, da se naši politiki umaknejo od misli, da so vrhovni vodja, kot sta Kim Jong-un ali Adolph Hitler.

Nedolžni ljudje so se že poškodovali ali umirali zaradi odločitev naše vlade. Če jih ne bi spremljali, bi ZDA končale državo s krvjo na rokah. Ne vem za nikogar drugega, toda nočem biti kot Nemčija in biti priča naši različici Nürnburških sojenj.

Imel sem bolezen občutek, če bi mu dali celo unčo moči, da bi uničil vse dobro, ki smo ga že dosegli. Zatrdil je, da nikoli ne bo kandidiral za predsednika, toda vedela sem, da mu leži skozi zobe.

Moški je bil preveč močan, da bi ga poskusil, in moji najhujši strahovi so se uresničili, ko je zmagal na predsedniških volitvah. Hotel sem napisati komad, ki prikazuje stran Martina Wagnerja, ki ga njegovi privrženci niso hoteli sprejeti. Ta knjiga zajema nekaj mojih opazovanj in dogodkov, ki so se zgodili v njegovem mandatu.

Nixonov škandal

Spominjam se kot osemletka, kako sem s fascinacijo gledal škandal Watergate. Moja prva misel? Je Nixon res verjel, da se bo s tem pobegnil?

To je povzročilo vrsto drugih vprašanj. Zakaj bi to storil? Ali mu je kdo svetoval, naj vdre v kompleks Watergate ali je to sam prišel na idejo? Kdo je bil 'Globoko grlo?'

Kaj so iskali s sedeža DNC? Ali je George McGovern to umazanijo izkoristil v svojo korist? Kateri razlogi so mu morali zavrniti dajanje trakov?

Nisem razumel, zakaj Nixon ni hotel sodelovati s Kongresom. Že je imel črno oznako svojega predsedovanja, zakaj torej ne bi sodeloval s Kongresom, da bi olajšal del tega, kar bi zgodovina pisala o njem?

Zdaj, več kot štiri desetletja pozneje, verjamem, da razumem. Nixon se je že izkopal tako globoko v luknjo, da ni mogel najti poti nazaj.

Predvidevam, da se sprašujete, kaj ima Nixonovo predsedstvo z našo trenutno upravo. Preprosto. Nixon je verjel, da je v bistvu nad zakonom. Izjavil je celo: "Nisem prevarant!"

Kandidat Wagner, zdaj predsednik Wagner, ima enak odnos. Popolnoma nič ne dela narobe in vse, kar pravi, je resnica po njegovem in njegovih pobožnih podpornikih. Martin Wagner je v svoji glavi kralj Midas; vse, česar se dotakne, se takoj spremeni v zlato.

Ugodno pozabi na propadle poroke; njegove propadle igralnice; in njegovi neuspešni poskusi v različnih poslovnih podvigih, kot so vinarstvo, oblačilne linije in restavracije višjega cenovnega razreda. Zunanjemu svetu so bila njegova golf naselja in hoteli edina podjetja, ki so prinašala dobiček. Vendar je prihajalo do ropotanja, ki niso bila tako uspešna, kot jih je naredil.

Žal je Wagner zagotovil, da javnost nima dostopa do njegovih računovodskih izkazov, čeprav je obljubljal, da bo to storil v svoji napovedi za kandidiranje na javno funkcijo. Njegov govor je bil najnovejši v nizu laži in pretiravanj, čeprav bi še veliko sledil, ko bo začel kampanjo.

Wagner je imel vedno težave s pripovedovanjem resnice in njegovo pripovedovanje zgodb se je začelo že v zelo mladih letih. V bejzbolu je poskušal trenerje prepričati, da je najboljši napadalec in tekač v moštvu, kljub dokazu o nasprotnem. Njegova statistika je bila dosledno na dnu vsake tekme in nobena prepričljivost trenerskega štaba ne bi mogla razbiti fantastinskega ega.

Martin se je redno hvalil, kako visoke so bile njegove ocene, čeprav je bilo njegovo stališče v razredu povprečno. Po diplomi na poslovni šoli Wharton se je uvrstil na 140. mesto od 150. Ni ravno nekdo, ki bi se uvrstil v Menso.

Pogosto se sprašujem, kako časten je lahko človek, ki se poroči s svojo ljubico dan po tem, ko sta zaključila ločitev? Zanima me tudi, ali je zvest svoji zdaj že tretji ženi, slovenskemu modelu, Cilki. Pogosto jo vidimo, kako hodi dva koraka za svojim možem, kot da bi mu bila podrejena namesto enakovredne. Res je žalostno. Zasluži si boljše kot njegove prejšnje žene. Toda kot pravi pregovor; sestaviš posteljo, da moraš ležati v njej.

Mnogi ljudje, s katerimi sem govoril, verjamejo, da se je Cilka poročila z Martinom zaradi svojega denarja. Potem se

Martin spet loti le mlajših, lepih žensk in jih ne zanimajo njihovi motivi.

Moški, kot je Martin Wagner, so svoj družbeni status radi uporabljali za srečanje z ženskami. Preostali ljudje se moramo veliko bolj potruditi, da pridobimo pozornost pravičnejšega spola. Rad verjamem, da je druženje veliko bolj zabavno in veliko bolj zanimivo.

Prvi latinoamerični predsednik

Ko je Ramon Garcia napovedal kandidaturo za predsednika ZDA, se spominjam reakcije Martina Wagnerja. Dejstvo, da je Latino imel živce, da bi kandidiral za predsednika, ni premoglo z nepremičninskim možem, čeprav sprva ni pokazal svoje nezadovoljstva.

Namesto tega je Wagner podvomil v legitimnost senatorja nove šole za položaj. "Ni Američan," je tvitnil.

"Moški je iz Mehike. Zdaj z Mehiko ali Mehičani nimam težav, vendar se ne morejo potegovati za predsednika ZDA.

Tu se morajo roditi, Garcia pa se je rodil v Mehiki. Rodil se je v Mehiki, zato se ne more kandidirati. "

Tudi ko je medicinski center Banner Estrella v Phoenixu izdal Ramonovo rojstno listino, ga Martin ni hotel sprejeti kot resnico. Vztrajal je, da je dokument ponarejen, da bi rešil senatorja pred zadrego.

"Lažno ponarejanje rojstnega lista je enostavno," je dejal Marshall Clearwater med intervjujem za NBC. "Želijo, da Garcia zmaga, zato skrivajo dejstvo, da je bil dejansko rojen v Mehiki."

Wagner ni samo dvomil o rojstnem pravu Garcie kot Američan, podvomil je tudi v njegovo izobrazbo. Zahteval je dokaz, da Garcia ni le obiskoval univerze Princeton, ampak je hotel videti tudi dokaz, da je diplomiral iz ustavnega prava.

»Ali mi resno govorite, da je ta moški diplomiral blizu vrha svojega razreda? Forrest Gump je pametnejši od njega in to nekaj govori! Ni zelo pameten in nihče se ne spomni, da bi ga kdaj videl okoli kampusa.

Celo profesorji pravijo, da se ni nikoli udeležil pouka. Kako lahko diplomirate, če niste hodili v razred? Samo ne razumem! "

Nikoli ni prišlo na misel, da zadevni profesorji niso poučevali prava, zato se seveda Garcia ne bi spomnil nobenega, če ne bi obiskoval njihovega pouka.

Ali mu je morda padlo na pamet; preprosto mu ni bilo vseeno. Slednje je imelo veliko več smisla, vsaj zame. Martin Wagner je z leti potisnil teorije zarote, za katere je verjel, da so verodostojne.

Nadaljeval bo s propagando tudi po dokazu, da so se teorije izkazale za napačne. Meni bi raje spodbudil zaroto, da bi priznal, da ni bil pravilen.

Nikoli ga ni motilo, da je promoviral lažne teorije, ki bi lahko uničile ugled drugih. Dokler je prejel kakšno ugodnost, ni bilo nič drugega pomembno.

Martin nikoli ni priznal, da je storil kaj narobe, in ni se hotel spremeniti. Do danes še vedno ni priznal nobenega krivde, ko je trdil, da se je Garcia rodil zunaj ZDA.

Ko je šef službe Banner Estrella umrl v nesreči v bližini medicinskega centra, je Wagner trdil, da je to dokaz prevare, ki je prelisičila ameriško javnost.

Tega ni mogel ali ne bi mogel izpustiti. Wagner je obsedel, ko je Garcia dokazal kot prevarant. Nihče ni razumel, zakaj.

Vsi smo imeli svoje teorije in večino teh utemeljimo na rasizmu. Nihče od nas v tistem trenutku s svojimi mislimi ni hotel javno v javnost.

Imeli smo poslovno etiko, da smo ostali nevtralni in profesionalni. Prihodnost se nam je izkazala za težjo ohraniti nevtralnost in profesionalnost.

Povedano je to dodalo mojemu že sočasnem sovraštvu do Wagnerja. Moja mati Rose je bila mehiškega porekla in bila je zelo ponosna na svojo majevsko dediščino. Ta ponos je prenesla na mene in nisem skrival, da sem mešane krvi. Vzeti je bilo treba vse, kar nisem, da bi se na javnem forumu poslovil Martinu Wagnerju.

To ni bilo prvič, da je Wagner pokazal svojo rasistično plat in zagotovo ne bi bil njegov zadnji. In vsakič, ko je podal tako odkrit komentar, bi se njegovi podporniki zbrali okoli njega in razveselili. Zdi se, da se naša država ponaša s svojo hinavščino in rasizmom, zato so bili moški, kot je Wagner, kot nalašč za tiste, ki so živeli ob tej veri.

Napovedni govor

Vse se je začelo usodnega dne junija 2015, ko je Martin Wagner stopil na spuščanje tekočih stopnic. Nekoč črni lasje so zbledeli do rumenkastega odtenka. Potezna palca, siravi nasmeh in oranžni ton kože sta spadala bolj v cirkus s tremi obroči kot v predsedniško tekmo.

Toda spet sem bil v svojih tridesetih letih izkušenj kot politični novinar priča slabšanju političnih kampanj. Namesto da bi se kampanjo lotili na svoji platformi, so kandidati raje umazali svoje nasprotnike.

Zdelo se mi je, da je ta praksa neprofesionalna in otroška. Prepričan sem, da se drugi počutijo enako, vendar verjamem, da smo dosegli točko brez vrnitve.

Nikoli si nisem mislil, da lahko politična arena postane bolj ločljiva. Nato je zraven prišel Martin Wagner.

Martin je postal ime gospodinjstva sredi 80. let. Zaradi pametnega trženja podjetja za stike z javnostmi, ki ga je najel, je Wagner postal znan kot sijajen poslovnež in finančnik. Prihodnji dogodki bi postavili dvomljivca. Pravzaprav sem podvomil v pamet človeka v trenutku, ko je začel svoj napovedni govor.

Wagner je bil povsod in zdi se, da tiho sporoča točno določeno občinstvo. Na moja ušesa je zvenel rasistično in narcistično. Če ga še niste slišali, naj ponovim za vas. Prosim vas le, da ga berete odprto. Torej, tukaj gremo.

„Sveta krava! Kakšna volilna udeležba! Preprosto ne morem verjeti, da vas je tukaj na tisoče. Ali ni ravno fantastično biti tukaj pri Wagnerjevem stolpu? Mislim, res?

Fantastično je le biti v New Yorku, najboljšem mestu doslej. Se vsi ne strinjate?

Laska me vsaka udeležba. Nihče od mojega osebja tega ni pričakoval! Nihče ni imel tolikšne količine ljudi na nobenem od njihovih dogodkov. Zaupaj mi, to je čudovito!

To vam lahko rečem; nekateri kandidati so se pridružili dirki ne vedo nič. Nič! Si lahko predstavljate, da bi v sobi, kjer je klimatska naprava postavljena tako visoko, ljudje dejansko zmrzovali?

Mislim resno, če ne bi bilo v sobi več trupel, ne bi bilo videti tako veliko in prazno in nihče ne bi zmrzoval. Telesna toplota bi jim ostala prijetno.

Kako bodo premagali naše sovražnike, kot je Hezbollah? V tridesetih letih jih še nihče ni ustavil!

ZDA so v težavah, ljudje; Ne bom lagal. Kdaj smo zadnjič kaj osvojili? Zmagali smo pri vsem, a ne več. Smo smehljaj.

Ne vem za vse vas, ampak utrujen sem od tega! Utrujen sem izgubiti države, kot so Japonska, Indija in Kitajska! Zakaj nas te tretjerazredne države vsak dan pretepajo?

Pri izdelavi in izdelavi smo bili vedno najboljši! Kdaj smo se ustavili?

In kdaj smo začeli dopuščati ljudi z juga naše meje? Zakaj puščamo, da nas Mehika pretepa tako, da smo pustili zločince iz Srednje Amerike?

Vsi vemo, da tisti, ki se prikradejo čez naše meje, niso nič drugega kot kup gangsterjev! Vse! Vem vse, kar je treba vedeti o teh ljudeh.

So mrliči, morilci in tatovi. V nobenem od njih ni nič dobrega! Vsi veste! Mejni agenti so mi povedali, kako se kriminalci prebijajo brez obvestila, ker so vsi zlobni geniji.

Nihče v resnici ne ve, od kod prihajajo. Lahko je od koder koli, saj so si vsi podobni. Se ne strinjate? Vem, da to počnete, ker ste vsi pametni.

Nihče od nas ne ve, kaj se dogaja, ker nas nihče ne varuje in nima kompetenc. Moramo končati s tem in to hitro.

Ste vedeli, da islamski teroristi gradijo nepremičnine v krajih, kot je Sirija? Hoteli! V Sirijo! Zavzemajo ogromne odseke Bližnjega vzhoda. Naredili so že ogromno tega!

Zaradi tega so postali moja konkurenca. In sprejmite to, vsi. Za razliko od mene jim ni treba plačati obresti, ker ukradejo vsak centimeter te zemlje.

Nobeden od njih ne bo odgovarjal drugega, ker vsi podpirajo drugega. Vsi kradejo in kupujejo vse, kar lahko.

Vsi veste, da ima ISIS vse olje. Mogoče ni vse nafte, ker ima Iran vse, česar nimajo. Vse to vam lahko povem; To sem rekel že pred leti. Pred leti sem si rekel - in obožujem našo vojsko in jo potrebujemo bolj kot pred dvajsetimi leti.

Povedal sem jim; Povedal sem jim vse. Izogibajte se Iraku, ker bo Bližnji vzhod postal tako moten. Iran bo popolnoma prevzel Bližnji vzhod.

Rekel sem jim, naj se izogibajo Iraku, ker jih bo Iran popolnoma prevzel - in tudi kdo drug! Vedite to in zapomnite si, Iran prevzema Irak in oni delajo tako veliko časa.

Ste vedeli, da smo v Iraku porabili več kot tri bilijone dolarjev? Tri bilijone dolarjev! Pa ne samo to, pomislite na več deset tisoč življenj, izgubljenih samo v Iraku!

Pa še ranjeni vojaki po vsem svetu! Na stotine tisoč jih je. Kaj moramo pokazati za to? Popolnoma nič! Tudi tam nas ne bodo pustili in ničesar ne dobimo!

Ta teden so napovedali naš BDP in to naj bi bil znak, kako močni smo. Vendar je manj kot nič!

Kako smo lahko močni, če je naš BDP v negativnih številkah? Kako je lahko? Nikoli ni bila manjša od nič!

Ne samo to, naša stopnja brezposelnosti je najvišja od konca sedemdesetih let! Pravijo nam, da se stopnja giblje pri petih odstotkih, vendar ne verjamete! Dejansko je približno dvajset odstotkov. Zaupaj mi, je!

Imamo milijone ljudi, ki trenutno ne morejo dobiti službe. Ali veš zakaj? To je zato, ker naša delovna mesta potekajo na Kitajskem, v Mehiki in na Filipinih. Vsi imajo svojo službo, ker plačujejo svoje delavce veliko manj kot delavci tukaj. Zapomni si to!

In to si zapomnite tudi vi. Vojska in orožje naših sovražnikov postajajo boljši in močnejši, medtem ko se naši močno zmanjšujejo.

Ste že slišali, da je naša oprema tako stara, da nihče ne ve, ali deluje ali ne? In to oglaševali na televiziji! Kako slabo je to?

Zakaj govorijo našim sovražnikom take stvari? Rusija nas gleda in se smeji! Zaradi tega smo nasmejani.

In kaj se je zgodilo z Garciacaidom? Predsednik Garcia nam je tej državi obljubil, da bo njegov zdravstveni načrt rešil našo zdravstveno dilemo, vendar nas to stane več milijard dolarjev. To je popolna katastrofa.

Ste vsi pozabili na spletno stran, ki nas je stala več milijard dolarjev? Milijarde dolarjev na spletnem mestu, ki ne deluje!

Zaupaj mi, povsod imam nešteto spletnih strani. To stane tri dolarje za milijardo dolarjev. Vse to vam lahko povem.

Potrebujete nekoga, ki bo lahko dokončal stvari. Noben politik ne bo, to vam lahko garantiram. Vsi govorijo in ne ukrepajo. Nič se ne bo rešilo, če to prepustiš schmuckom v Washingtonu. Vsi nas želijo odpeljati v Deželo obljubljeno, vendar ne bodo.

Ne morejo, ker ne vedo, kako. Hodil sem po državi, kjer sem govoril in poslušal druge republikance. Vsi so čudoviti ljudje. Zelo jih imam rad in so mi všeč. Morajo, ker me vsi prosijo, da jih podprem.

Spet so mi všeč in poslušam njihove govore. Nihče niti ne omenja delovnih mest, Kitajske ali Bližnjega vzhoda. Zakaj? Česa se bojijo? Ste že slišali, kako nas Kitajska ubija?

No, pa povem, kako. Njihova valuta je tako nizka, da ne bi verjeli! Zaupaj mi; Ameriški posli so konkurenčni na svetovnem prizorišču. Uničujejo naše gospodarstvo!

Je že kdo slišal za to? Ne boste od nikogar, ampak povem vam. Zaupaj mi, res je.

Vsi bodo povedali, kako se bo zgodilo toliko fantastičnih stvari, toda vse, kar si resnično želi, je delo. Nočejo nobene te neumnosti, ki jo lovijo. Vse, kar si želijo, je, da delajo; nič od tega dvojnega govora in lažnih obljub.

Ne pozabite, Garciacaid se začne leta 2016 in nas bo uničil. Zdravniki se zaradi tega ne zatikajo. Tega se moramo znebiti in zaupati, lahko se ga znebimo in lahko nadomestimo z nečim boljšim.

S politiki sem se ukvarjal že od daleč, kolikor se spomnim. Ko rečem, da se lahko dogovorite s katerim koli od njih, mislim. Če ne morete, s tabo nekaj ni v redu.

Z njimi se zagotovo niste prav dobro ukvarjali. Oni so tisti, ki nas predstavljajo! Nikoli nas ne bodo vrnili na vrh! Ne morejo.

Resnično vodijo državo lobisti. To so lobisti, donatorji in posebne interesne skupine. Zaupaj mi; popolnoma nadzorujejo politike.

Iskreno bom z vami. Tudi jaz imam lobiste. Moji lobisti lahko storijo karkoli zame in ne obratno. Lahko vam rečem, fantastični so.

Toda vsi vemo, da se ne bo nič zgodilo, ker ne bodo nehali početi stvari za svoje ljudi. Ker se ne bodo ustavili, uničujejo našo državo. Naša država se uničuje in zdaj jo moramo končati!

Povedal ti bom, kaj naša država potrebuje. ZDA potrebujejo vodjo, ki je napisal "Izvajalec posla". Potrebujemo vodjo, ki je odličen pri vodenju in odličen v zmagi.

Država potrebuje predsednika, ki lahko dejansko vrne naša delovna mesta, naše tovarne in naše oborožene sile. Poskrbeti moramo za veterinarje. Vsi so pozabili na naše veterinarje in ostali so se sami branili.

Veste, kaj še potrebujemo? Nekdo, ki nas bo podpiral in razveseljeval za zmago. Ko je bil izvoljen predsednik Garcia, sem resnično mislil, da mu bo šlo dobro. Mislil sem, da se bo dobro razveselil ZDA.

Imel je velik duh o njem. Imel je mladost in vitalnost. Resnično sem verjel, da bo on človek, ki nas bo vse spodbudil in naredil odlične.

Vendar sem se motil. Garcia ni vodja. Nikoli ni bil. Zaupaj mi, vem resnico.

Resnica je, da je popolno nasprotje. O njem ima negativno vibracijo. Potrebujemo nekoga, ki bo ZDA potegnil po svojih začetnih poteh in ga naredil za najboljšo državo, tako kot nekoč.

Že dolgo, mnogo let ni bilo najboljše. In verjemite mi, mi to zmoremo.

Naj vam nekaj povem. Imam pravljično življenje in moja družina je najboljša. Veste, kaj mi pravijo? Pravijo mi, da bom naredil nekaj, kar je najtežje, kar sem jih kdaj naredil.

Ali se zavedate, da so mi neštetokrat rekli, da ste tudi na daljavo uspešna oseba, da ne morete kandidirati na javno funkcijo? Da pa bo naša država najboljša, kot je bila nekoč, morate imeti pravi odnos in duh, da se to uresniči.

Prijatelji, tukaj sem, da sporočim, da si formalno vržem klobuk v obroč, da bom kandidiral za predsednika ZDA. In veste, kaj še? Ameriki bomo spet naredili najboljše.

Lahko se zgodi, obljubim vam. Preprosto mi moraš zaupati. Naša država je polna potencialnih in bajnih ljudi. Kot vsi veste, imamo ljudi, ki ne delajo brez motivacije za to.

Ko bom predsednik, bodo spodbudili, da se vrnejo na delo. Spoznali bodo, da je služba najboljši socialni program doslej. Čutili bodo ponos pri delu, ki ga bodo ljubili do konca življenja.

Bom znan kot najboljši predsednik, ki ga je ta država kdajkoli imela, to vam lahko garantiram! Veste, kako sem tako samozavesten? Ker bom svoja delovna mesta vrnil iz tujine, iz držav, kot so Kitajska, Indija in Tajvan.

Ne samo, da bom službo prinesel domov, ampak tudi naš denar! Se zavedate, koliko denarja dolgujemo različnim državam?

V trilijonih je. Japonska, Kitajska, Rusija - vsi nam jemljejo denar, dajejo nam posojila s tem denarjem in mi plačujemo visoke obresti za ta posojila. Ko se bo dolar dvignil, so navdušeni, ker vedo, da bodo od nas dobili več.

Torej, naj vas vprašam. Kateri moroni imamo svojo državo in nas pustijo takšne? Mislim, resno? So res tako neumni?

Niso pogajalci. Niti blizu! Veste, kdo je glavni pogajalec? Tako je. Jaz sem!

Potrebujemo ljudi. Jaz sem za svobodno trgovino, vendar za to potrebujemo najbolj nadarjene in najpametnejše. Če jih nimamo, nimamo ničesar.

Potrebujemo ljudi, ki poznajo posel; ne neki politik zgolj zato, ker je daroval za neko stvar. Prosta trgovina je lahko čudovita stvar, če za to uporabljate pametne ljudi.

Pametnih ljudi nimamo. Vsi so vezani na posebne interesne skupine. Nič ne bo delovalo, če bomo še naprej spremljali posebne interese in lobiste.

V zadnjih mesecih se je torej zgodilo nekaj stvari. Kitajska pride in odloži vse svoje stvari, kajne? Seveda ga kupim, ker imam to pekočo potrebo po tem. Ker so toliko razvrednotili Jen, in nihče ni verjel, da bodo to storili še enkrat.

Toda težave, s katerimi se spopadamo po vsem svetu, so nas odvrnile. Ker nismo bili pozorni, je Kitajska znova odšla! Kako lahko dokončamo, ko nas države goljufajo in spodkopavajo ob vsaki priložnosti!

Zdaj me ne razumite narobe. Kitajska mi je všeč. Prodal sem stanovanja in najem pisarniških prostorov ljudem s Kitajske. Kako jih ne maram? Sem velik kos zalog HSBC in ta zaloga je vredna ton!

Ljudje me pogosto sprašujejo, zakaj sovražim Kitajsko. Kitajske ne sovražim. Ljubim Kitajsko. Edina težava s Kitajsko je, da so ljudje, ki vodijo Kitajsko, pametnejši od ljudi, ki vodijo našo državo.

Kako lahko tako zmagamo? Kitajska manipulira z nami, da bi opravili svoje umazano delo zanje. Kitajska se zaradi nas obnavlja, tako kot mnoge druge države po svetu.

Pojdite na Kitajsko in se prepričajte. Imajo šole, ceste in zgradbe, kakršne še niste videli. V igri imamo vse komade, vendar ne poznamo pravil te igre.

Kitajska razume pravilo in zdaj gradijo svojo vojsko. Toliko, zastrašujoče je.

Medtem ko je ISIS grožnja, se strinjam; Kitajska pa nam predstavlja večjo grožnjo. Veste, kaj menim, da je večja grožnja s trgovino? Ne Kitajska. Verjeli ali ne, Mehika je. Zaupaj mi!

Namesto da bi tu zgradili tovarne v ZDA, ogromno avtomobilskih podjetij odhaja južno od meje, ker je delovna sila cenejša. Torej, če se spomnite, sem napovedal kandidaturo za predsednika. Poznam vse najboljše pogajalce.

Obstajajo nekateri, ki so tako precenjeni, čeprav menijo, da niso. Toda zaupaj mi; Poznam samo najboljše in jih bom dal v države, kjer jih najbolj potrebujejo.

A veste kaj? Ni vredno, da bi svoj dragoceni čas porabil za to. Zato namesto tega pokličem vodje vseh teh podjetij, ker, verjemite mi, vsi me poznajo in obratno.

Če bom izvoljen za predsednika, bi jim rekel; "Slišim, da so čestitke v redu. Povedali so mi, da nameravate v Mehiki zgraditi večmilijonsko tovarno in nato izdelke prodati nazaj v ZDA brez davka. Samo pošljite jih čez mejo, da jih nihče ne opazi. "

Zdaj vem, kaj vse mislite. 'Kaj bomo iz tega iztržili? Kako je to dobro? " Zaupaj mi; ni.

Veste, kaj bi jim rekel? Rekel bi, čudovito! To je dobra novica. Naj pa povem neprijetno novico.

Vsak izdelek, ki ga pošljete nazaj v ZDA, odplačam petintridesetodstotni davek in ga boste plačali takoj, ko prestopi mejo. Zdaj me poslušaj. Povedal ti bom, kaj se bo zgodilo.

Če nisem jaz na položaju, bo to eden od tako imenovanih politikov, proti katerim se borim. Niso tako neumni, kot si ljudje mislijo, da so, ker vedo, da to ni tako čudovita stvar. To jih bo verjetno razjezilo.

Ampak potem, ali veste, kaj se bo zgodilo? Klicali se bodo pri enem od teh ogromnih podjetij ali enemu od lobistov. Ta oseba jim bo rekla, da tega ne morete storiti tako in tako, ker skrbijo zame.

Pazim nate, da nam tega ne moreš storiti. In veste, kaj še? Zgradili se bodo v Mehiki in ukradli na tisoče delovnih mest.

To je za nas slabo. Zelo, zelo slabo. A veste, kaj se bo zgodilo z zadolženim predsednikom Wagnerjem? Naj vam povem.

Voditelji teh podjetij me bodo poklicali, ko jim bom posredoval novice o naloženem davku. Kul bodo igrali, veste; in počakajte kakšen dan.

Veš kaj? Prosil me bo, naj ponovno razmislim, vendar jim bom rekel: "Oprostite, fantje. Brez kock. "

Poklicali bodo vse, ki jih poznajo v politiki, in jaz bom rekel isto. Škoda, fantje. Brez kock.

Ali veš zakaj? Ker ne potrebujem njihove gotovine. Svoj denar bom porabil za tek. Lobikov ali donatorjev ne potrebujem, ker imam svoj denar. Tone tega; zaupaj mi!

Mimogrede, ne trdim, da politiki nimajo takšne miselnosti. Ampak ravno to je naše razmišljanje, ki ga potrebujemo za svojo državo.

Zakaj? Ker je čas, da svojo državo obogatimo izven prepričanja. Se sliši vulgarno? Slišal sem, da nekdo reče, da je vulgarno. Zaupaj mi; ni!

Dolga imamo dvajset bilijonov dolarjev in nimamo ničesar drugega kot težave. Naša vojska je povsod obupana zaradi opreme. Imamo orožje, ki je zastarelo, zlasti jedrsko.

Povem ti resnico, zaupaj mi. Nimamo popolnoma nič. Naša socialna varnost bo v propadu, če nekdo, kot sem jaz, ne more prinesti več denarja v naše blagajne.

Vsi drugi ga želijo porušiti; vendar ne jaz. Shranil ga bom, ker bom prinesel več denarja, kot si ga lahko kdo predstavlja.

Ste vedeli, da Savdska Arabija zasluži milijardo dolarjev na dan? Si lahko predstavljate, da bi zaslužili milijardo dolarjev na dan?

Zdaj me ne razumite narobe; Obožujem Saudiste. Mnogi so v tej zgradbi najeli prostor.

Vsak dan zaslužijo milijarde, a koga pokličejo, ko imajo težave? Prav; pokličejo nas, mi pa pošljemo naše ladje, da jih rešimo iz težav.

Povemo jim, da jih bomo zaščitili, ker imajo denar. Zakaj to počnemo? Če bi jih vprašali, bi plačali bogastvo. Če ne bi bilo nas, jih ne bi bilo nikjer. Zaupaj mi!

Mogoče je čas, da jim pošljemo svojo staro opremo, tisto, ki je ne uporabljamo več. Imam prav? Pošljite jim našo smeti, ker na koncu izgubimo nove stvari, ki se širijo po znamki.

Brez nas Savdska Arabija ne bi več obstajala. Izbrisali bi jih in se spomnili, jaz sem tisti, ki je vsem povedal o Iraku in kaj bi se zgodilo.

Vsi ti politiki se skušajo distancirati od teme Iraka. Poglejte Camp in Mariano. Noben od njih nam ne bi mogel dati odgovorov, kaj se tam dogaja.

So to voditelji, ki jih želite voditi po naši državi? Seveda ne. Vsi veste, da ne uspevajo ZDA. Znova ne bomo postali slavna država s temi idioti.

Za nas je toliko denarja, da se bomo prijeli in se vrnili v našo državo. Denar potrebujemo, ker brez njega umiramo.

Drugi dan sem moral povedati reporterja; Nisem prijazen človek. Res je, ampak jaz sem všečna oseba. Mislim, da sem privlačna oseba. Zdi se mi, da me imajo ljudje, ki me poznajo.

Kaj pa moja družina? Prepričan sem, da so mi vsi všeč in pravim vam, tako sem ponosen na vse njih.

Kaj pa moja hči Katerina? Naredila je fantastično delo in me predstavila, se vam ne zdi?

A ta novinar mi je rekel, da nisem všečna oseba, zakaj bi potem ljudje glasovali zame? Torej, rekel sem mu, ker sem v resnici ljubezen. Vsi vedo, da svoj čas in denar podarim dobrodelnim ustanovam, ker mislim, da sem pravzaprav prijazen človek.

Potem sem mu rekel, da bodo te volitve drugačne. Američani bodo glasovali o tem, kako kompetenten je kandidat in ne o njihovi podobnosti. Razočarani so nad tem, da nas druge države odtrgajo. Naveličali so se porabe milijonov za izobraževanje, naš sistem pa je približno trideseti na svetu.

Ali lahko verjamete, da ima devetindvajset drugih držav boljše od nas z izobraževanjem? Nekatere so države tretjega sveta in na dobri smo poti, da postanemo ena izmed njih. "

Lahko bi nadaljeval z Wagnerjevim govorom, toda on je še naprej trgal in ponavljal. Še zadnje, kar bi rad, je bilo, da sem bralce dolgčas s svojo neumnostjo.

Kako lahko ena oseba reče toliko in nima ničesar povedati? Ko sem govoril z nekaterimi kolegi, so bili vsi enaki.

Vsi smo verjeli, da ne bo šlo za predsednika. Zgodovina se nam je izkazala za napačno in tisti, ki smo jih imeli v zakonitih prodajnih mestih, bi presunili na dan.

Zgodovina rasizma

Zdaj, to je bil hec najave! Ne vem za nikogar drugega, toda v njem sem slišal veliko rasističnih podtonov. Wagner je imel težave z nekakavkaskimi ljudmi, kar je odkrito povedal, ko je vse Mehičane poklical kot kriminalce in vse muslimane kot teroriste. Čeprav je bilo to kategoriziranje Mehičanov in muslimanov dovolj slabo, v resnici nikoli ni omenil ničesar proti črnim ali azijskim skupnostim. Zavzel se je za Kitajsko in Japonsko ter Indijo in Filipine. Obtožil jih je, da so ameriškim delavcem odvzeli delovna mesta.

Pozabil je omeniti veliko svojih, če ne celo vseh oblačil Wagnerjeve linije, ki izvirajo iz tovarn na Filipinih in na Kitajskem. Ponovno je bilo delo v tujini del stroškov, v primerjavi z oblačili v ZDA. S tako široko stopnjo dobička zaradi nižje proizvodne cene je moral Wagner zaslužiti milijone na hrbtu premalo plačanih delavcev.

Ali še kdo tukaj vidi vzorec? Govor je bil seveda le začetek rasističnih pripomb. Vsak shod, ki ga je organiziral, je stopnjeval svojo retoriko. Trdil je, da imajo njegovi republikanski nasprotniki interese v Mehiki, zaradi česar so Američani dobili zaposlitev manj naklonjeni.

"Nikogar se ne sliši! Zaupaj mi! Vsi zaslužijo od podjetij v Mehiki in Indiji. Vedo, da bodo ljudje tam delali za denar v primerjavi z Američani. Zaradi tega je kakovost izdelkov, ki prihajajo v zanič. Ali veš zakaj?

Ker delavcem ni vseeno! Ne sramujejo se, dokler sestavljajo kvote in dobivajo platne plače. Ne samo to, vsi se nam smejijo, ker vsi delajo, mi pa ne!

Naša stopnja brezposelnosti znaša med šestdeset in sedemdeset odstotkov! Ste to vsi vedeli? To je noro! Naše ljudi moramo vrniti na delo; ne ti prekleti Mehičani, ki se prikradejo čez mejo. Torej ne samo, da opravljajo naša opravila južno od meje, ampak kradejo delovna mesta tukaj, na lastnem dvorišču!

Vsi zavajajo kriminalce in nas nasmejajo. Vedo, da nas varajo, ker namesto nas opravljajo naša dela in to delajo za manj denarja. Ne samo to, pripeljejo kriminalce iz preostale Srednje Amerike.

Nobenemu od njih ne moremo zaupati. Nihče od tam ni nič dobrega. Če nam ne ukradejo, nas ubijejo ali posilijo. Za našo državo ne prispevajo ničesar pozitivnega; niti davkov, ker jih plačujejo pod mizo.

Toda razlog, da so plačani pod mizo, je v tem, da so vsi pri nas ilegalno. Nobeden od njih ni prišel sem pravi. Namesto tega so se vsi prikradli čez mejo na ustreznih prehodih.

Torej, imam idejo. Ste vsi pripravljeni na to? Zgradili bomo električno ograjo z bodečo žico vzdolž naše meje, da jih preprečimo. Nato bomo zaokrožili vse ostale ilegalce in jih poslali nazaj, od koder so prišli.

In ali veste, koga bomo plačali za to? Tako je. Mehika! Mehika jih pošilja sem, da jih ne bi vrnili nazaj? Vsekakor niso nič drugega kot kup živali, kajne? Imam prav?"

Množice so se razveselile vsakič, ko je Wagner diskriminiral Latinose. Njihovi neokusni izpadi so Wagnerja le spodbudili, da je postal ogorčen zaradi njegovih lažnih trditev.

V enem televizijskem intervjuju je izjavil, da bo enkrat, ko je postal predsednik, vsem muslimanom prepovedal vstop v ZDA. Prav tako je podvojil gradnjo pregrade na južni meji. Kljub temu da so novinarji izpostavili njegove rasistične pripombe in odnos, je Wagner tega zavrnil.

Njegovo nenehno branjenje Latinosov je prispevalo, da sta dva njegova podpornika na območju Miamija pretepla Latinca z jeklenimi trsi. Potem ko so ga skoraj do smrti pretepli, so mu nanj nasmejali blato, ko so se mu smejali. Ko jih je aretirani policist vprašal, zakaj so to storili; niso imeli sramu, če so priznali, da je Wagner vplival nanje in so ga želeli narediti ponosen.

"Vsi ti ilegalci se morajo vrniti tja, od koder so prišli, tako kot je rekel Wagner," je priznal eden od njih. Manj kot leto kasneje je Wagner zagovoril Abdullaha in Sahro Mohammad zaradi govora na nacionalni konvenciji DNC.

Bomba IED je ubila sina Mohameda v Afganistanu med službovanjem v ameriški vojski. Ko je Abdullah ponudil, da bo Wagnerju izposodil njegovo kopijo ustave, da ga je prebral, je Wagner storil žalitev in izjavil, da ga Mohamedi nimajo pravice kritizirati.

Res? To mi pravi, da je Wagner zelo občutljiv na obsodbe, zlasti od rjavih in črnolasih ljudi, še bolj, če gre za priseljence.

Obsesija z ne belimi priseljenci je bila čez vrh. Iz kakršnega koli razloga je Wagner preziral vsakogar, ki ni bil kavkaški.

Njegov najljubši korak, ko je šlo za propadanje priseljencev? Seveda tolpa MS-13. Obtožil je, da je Garcia trajno zaščitil Dreamers, ki je največ prispeval k MS-13, ki je poplavila ZDA.

Sanjači so mladi priseljenci, ki so bili v državo pripeljani ilegalno, ko so bili otroci. Za razliko od kriminalne tolpe, na katero se Wagner sklicuje, Dreamers spoštujejo pravno državo.

Zdi se, da je Wagner pozabil, da je MS-13 izviral iz Los Angelesa v sedemdesetih letih prejšnjega stoletja. Čeprav je res, je bil njihov poudarek na začetku zaščita priseljencev iz Salvadorja pred drugimi tolpami; z leti je tolpa prešla v bolj tradicionalno ustanovo.

Manj kot leto dni pred splošnimi volitvami je Wagner napovedal, da želi vsem muslimanom preprečiti vstop v ZDA. Želel je celo zavrniti muslimanske Američane, da bi ponovno vstopili v državo.

Zahteval je po 11. septembru; videl je na stotine tisoč muslimanov, ki slavijo na ulicah New Yorka. Kljub temu, da je bila ta trditev razveljavljena, je Wagner vztrajal, da je bil priča temu, in ne bo odstopil od te trditve.

V civilni tožbi, ki je bila vložena proti Wagnerju, je zatrdil, da sodnik v zadevi ne more razsoditi pravične sodbe, ker je bil sodnik Velasquez rojen v Mehiki. Po Wagnerjevem mnenju je bil vsak sodnik ali odvetnik z mehiško krvjo pristranski, ker je načrtoval gradnjo neprehodne ovire na meji.

Šest mesecev po tem, ko so ga prisegli na funkcijo, je dal neupravičeno izjavo o 2000 haitijskih priseljencih, ki so jih nedavno sprejeli v ZDA, vsi pa so imeli virus HIV ali aids. Nihče od njih ni imel bolezni, Wagner pa je zavrnil svojo izjavo.

Nato je trdil, da se 30.000 gostujočih Nigerijcev ne bo nikoli vrnilo v svoje koče, ko bi videli, kaj Amerika ponuja. Mesece kasneje, 10. februarja, je Wagner od Haitija in Afrike zahteval manj priseljevanja.

Vztrajal je pri več priseljencih iz Švedske in Norveške. Ali samo jaz ali hoče samo, da v ZDA vstopijo belci?

Pred vmesnimi volitvami leta 2018 je Wagner pogosto temnopolte priseljence dobil kot zlovešče in nehvaležno. Dejansko je njegovo osebje v kampanji ustvarilo televizijski oglas, tako žaljiv in rasističen, da ga XRAE News noče objavljati.

Oglas je prikazal prikolico migrantov, ki so se iz Srednje Amerike skozi Mehiko podali v ZDA, da bi vdrli v ZDA in škodovali njenim državljanom. Ob tej trditvi je Wagner pogosto izjavljal zločince iz nizke življenjske dobe in neznane elemente z Bližnjega vzhoda.

Nisem si mislil, da bi se lahko potopil nižje, a 45. predsednik me še naprej šokira. Nedokumentirane priseljence je označil za živali, okužene s steklino, ki v državo prinašajo neznane bolezni. Nobena njegova trditev ni imela dokazov, da bi jih podkrepil.

Tudi njegov predhodnik ni bil imun na Wagnerjeve grozljive izbruhe. Kljub temu, da je Garcia diplomiral na vrhu svojega razreda s povprečjem 4,0 stopnje, je Wagner nekdanjega predsednika pogosto imenoval groznega in lenega študenta. Wagner je vztrajal, da je Garcia več časa preživel za igranje golfa, kot pa je vodil državo. Wagner je prvo leto svojega mandata na golf igrišču preživel več časa kot Garcia v celotnem osemletnem mandatu.

Med eno razpravo z Marlene Carson leta 2016 je Wagner izjavil, da so notranja mesta vojna območja, črnci in Latino pa živijo v peklu, ker so bili pogoji tako nevarni. Niso mogli hoditi zunaj svojih domov, ne da bi jih ustrelili. Afroameriškim volivcem je dejal, da so vsi živeli v revščini, imeli propadajoče šole in vsi brezdomci, ker niso imeli službe.

Za zločin v mestnih območjih je rad uporabljal lažne statistike, da je pretiraval. Prav tako je rad opozoril na zločine, ki so jih zagrešili rjavi in črni posamezniki, pogosto olepšajo ali laskajo o njih. V nasprotju s tem si vzame čas, da obsoja iste zločine, ki so jih zagrešili belci, če sploh.

Ni imel zadržkov kritizirati odmevnih Afroameričanov, ki so jih označevali za nepatriotske, nehvaležne in nespoštljive. Afroameriško skupnost je ves čas klical rasiste in pticam.

Ko so štirje demokratični kongresniki kritizirali predsednika, se je oddaljil in jim rekel, naj se vrnejo na polomljene kraje, iz katerih prihajajo. Vse štiri ženske so bile ameriške državljanke, tri pa so bile rojene v ZDA. Wagner je to dejstvo priročno spregledal.

Ali koga še koga moti, kako prijazen je bil naš predsednik do rasistov in belih vrhovnikov? Nobenega od njih ni imel težav z revitalizacijo in se ni hotel opravičiti za to.

S tistimi, ki so korakali z belimi nadvladoisti, jih je pohvalil kot zelo v redu ljudi. Želel je zavrniti člane KKK, ki so ga podprli, tudi potem, ko so ga o tem neposredno po televiziji vprašali.

Za vodjo svoje kampanje je najel Roba Thomasa, ki je pozneje postal glavni strateg Bele hiše. Thomas, znani beli nacionalist, se je osrednjo temo postavil na svojem poševnem spletnem mestu z novicami The Way It Really Is. "Black Crime" je bil predstavljen razdelek na spletni strani.

Wagner in Thomas se nista samo pohvalila, ampak sta stala hrbet politikom, ki so dali očitne rasistične komentarje, branili konfederacijo ali se odkrito prepirali z belimi nadvladoističnimi skupinami. Martin Wagner s temo rasizma ne pušča nobenega demografskega.

Predlagal je, da so Indijanci na severovzhodu ponarejali svoje prednike, da bi poskušali odpreti rezervacije. V devetdesetih je objavil oglase, ki trdijo, da je narod Mohawk imel kazensko evidenco, ki je bila dobro dokumentirana. V istem obdobju se je boril s konkurenco za svoja prizadevanja v igralnicah.

Martin se je ukvarjal tudi s antisemitskimi posnetki, vključno z enim tvitom, ki prikazuje šestkrako zvezdo poleg nabirov gotovine. Moji kolegi in jaz smo poznali Wagnerja, da je njegove privržence obljubljal z napadi na novinarje s antisemitskimi zapori proti novinarjem.

Ponavljal je neonacistične teorije zarote o sestanku Marlene Carson s tujimi finančnimi institucijami, ki se je boril proti vladi Združenih držav Amerike, da bi izoblikoval svoje žepe, svetovne sile in svoje donatorje.

Za člane njegovega kabineta in druge vodilne položaje je Wagner predlagal ali imenoval posameznike z znano zgodovino rasistične retorike in propagande. Kljub nenehnemu vzklikanju je najmanj rasistična oseba, ki jo je kdo srečal. Zgodovina bi nam povedala drugače.

Njegov rasistični odnos se je začel v začetku sedemdesetih let. Leta 1973 je ameriško ministrstvo za pravosodje tožilo konglomerat Wagner Real Estate, ker je kršil zakon o pravičnem stanovanju. Zvezne oblasti so naletele na dokaze, da je Wagner zavrnil črne najemnike v svojih stavbah in lagal temnopolte prosilce o razpoložljivosti stanovanj.

Zvezna vlada je obtožila, da ga je prisilila v najem tistim, ki prejemajo socialno pomoč. Dve leti pozneje je podpisal sporazum, da ne bo diskriminiral ljudi v barvi, ne da bi kdaj priznal predhodne predsodke.

V 80. letih prejšnjega stoletja je nekdanji zaposleni v igralnici Wagner's Peak Casino še eno svoje podjetje obtožil diskriminacije. Zaposleni se je prehitel, ko sta Wagner in njegova prva žena Eva prišla v igralnico.

Nekavkavce so usmerili s tal. V uvodnem govoru na univerzi Stony Brook je Wagner izkoristil svoj čas in države obtožil, da so oropali ZDA gospodarskega dostojanstva.

Leto pozneje je pet najstnikov, znanih kot Central Park Five, Wagnerja v tizzi. V časopisih je objavil oglas na celotni strani in zahteval, naj država vrne smrtno kazen. Kljub obsodbam najstnikov je bil razveljavljen, Wagner je vztrajal, da verjame, da so krivi kljub dokazom DNK, ki dokazujejo drugače.

Leta 1992 sta Wagnerjeva hotela Parkland in Casino morala plačati denarno kazen v višini 250 000 USD, ker je prodajalce barvnih miz preselil samo zato, da bi poskrbel za predsodke igralcev velikih igralcev.

Leta 2010 je predlog o gradnji muslimanskega skupnostnega centra na Spodnjem Manhattnu sprožil nacionalno polemiko, ko je objavil, da je predlagana lokacija blizu mesta napadov 11. septembra. Wagner je nasprotoval projektu in ga označil za travestijo pravičnosti.

Ponudnikom je celo ponudil, da se izplačajo iz projekta. Objekt se še ni začel.

Lahko razumem, zakaj ga še niso zgradili. Glede terorističnih napadov in zamere do muslimanov je še vedno veliko neprijetnih občutkov. Toda večina muslimanov je mirnih in prijaznih. Moj najboljši prijatelj in kolega Ahmad Abdul je bil moj najboljši mož in je boter moji najstarejši hčerki Matildi.

Ko se je zgodilo 11. septembra, sem prvič videl, kako joče Ahmad. Sram ga je bilo dejstva, da so radikalni islamisti ubili nedolžna človeka in je to načrtoval mesece vnaprej. Mislim, da ga še danes to moti in ima kanček krivde nekje skrito pod svojo dopadljivo fasado.

Nič, kar sem mu rekel, se ne bi spustil v počitek. Bil je preveč ponosen in občudoval sem njegovo trdoživost, da bi se mesece po napadih obdržal na pogumnem obrazu.

Lažne in zavajajoče trditve

Hčerki sta si zavili oči, kadarkoli se je na televiziji pojavil Wagner ali eden od njegovih predstavnikov za stike. Toliko sranja, ki je šlo iz njihovih ust, se je končno postavilo na zadnji živce. "Kako jih lahko kdo posluša?" je izjavila moja hči Matilda. »Ves čas nasprotujejo si. Tudi v isti sapi. Ne razumem. "

Iskreno povedano, tudi tega nisem dobil. Tudi ko bi me prosil za pojasnilo, bi dobil veliko količino dvogovornih besed. Sumim, da niso imeli pojma o čem govorijo in so samo povedali, kar se jim je dobro zdelo v glavi.

V času svojega predsedovanja je Wagner dal tisoče izjav, ki so se izkazale za zavajajoče ali včasih preprosto napačne. Ja, rekel sem. Na tisoče!

Kako je sploh lahko spremljal vse svoje laži? Odgovor: ni mogel. Nenehna nasprotja je bilo skoraj tako težko zaslediti kot same laži.

To množico neresnic sem opisal kot brez primere v svetu ameriške politike. Kolikor je Nixon lagal v času škandala z Watergateom, je Wagnerjeva zbirka izmišljij presegla tisto v prvih šestih mesecih na položaju.

Wagner je pogosto dajal sporne izjave samo zato, da bi se obrnil in zanikal, da bi jih izjavil. Washington Examiner je poročal, da je njegovo pogosto ponavljanje neresnic pomenilo kampanjo, ki temelji na dezinformacijah in neresnicah.

Toda Wagnerjeve laži so se začele leta pred vstopom v politični prepad. S svojim drznim in kontroverznim načinom je opozoril New York Press.

En finančnik je izjavil: "Sklepa te velike, dramatične dogovore, vendar se nobeden od njih še ni uresničil. Njegova javna podoba se je končala kot glavni prejemnik njegove ustvarjalnosti. "

Tudi eden od njegovih arhitektov je zabeležil Wagnerjevo nagnjenost k okrasitvi z edinim namenom prodaje. Bil je tako pretirano agresiven; je bilo skoraj do točke pretiravanja.

Novinar Timothy Cohen je leta 2019 objavil posnetke, ki jih je imel v svoji lasti, kjer je Wagner lažno izjavljal o svojem bogastvu.

V posnetkih je Wagner nastopal kot svoj tiskovni predstavnik Brian Duke in trdil, da si je zagotovil višjo uvrstitev na seznamu Forbes 400 najbogatejših Američanov. Kot Brian Duke je prav tako trdil, da ima v lasti devetdeset odstotkov cesarstva svoje družine.

Po padcu borze leta 1987 je Wagner sporočil, da se je mesec dni prej znebil svojih delnic, zato ni izgubil ničesar. Vložki SEC so se izkazali drugače.

Pokazalo se je, da ima še vedno veliko količino zalog v nekaj podjetjih. Ocenili so, da je izgubil blizu osemnajst milijonov dolarjev samo na svojih posestvih v letoviščih.

Leta 1990 je novinarjem povedal, da ima zelo malo dolga, toda Reuters je v začetku leta poročal o neplačanem znesku v višini pet milijard dolarjev, dolgovanih skoraj osemdeset bankam.

Deset let po tej trditvi so Jacobu Birnbaumu dali nalogo, da izterja nekaj od sto milijonov dolarjev, ki jih je Wagnerju posodila banka, za katero je delal, Izraelska banka Tova. Jacob je novinarjem povedal, kako ga je Wagnerjevo obvladalo 'situacijsko etiko' presenetilo.

Dejal je, da hotelir ne more razumeti razlike med dejstvom in fikcijo. Nekdanji direktor konglomerata za nepremičnine Wagner je izjavil, da bo njegov šef uslužbencem tako pogosto govoril laži, da nihče ni verjel ničesar, kar bi ušlo iz njegovih ust.

Wagner je celo podaljšal laž o svoji dediščini. Njegov oče Oskar Wagner je po drugi svetovni vojni trdil, da ima norveško kri. To je storil v strahu pred protinemškimi občutki in kako bo to negativno vplivalo na njegovo poslovanje.

Martin je laž ponovil in dodal, da je njegov dedek Luka Wagner v New York City prispel kot majhen fant iz Norveške. V svoji knjigi The Great Deal Maker je navedel, da je njegov oče Nemec in se je rodil v majhnem mestu zunaj Münchna.

Pozneje je v knjigi nasprotoval sebi, češ da je Oskar rojen v New Jerseyju. Medtem ko je nemški rod pravi, se je Oskar Wagner rodil v Brooklynu v New Yorku.

Med predsedniško kampanjo je promoviral številne teorije zarote, ki niso imele dokazov, ki bi jih podpirali. V začetku leta 2016 je Wagner namigoval, da je oče senatorja Billa Lawrencea aktivno sodeloval pri atentatu na Johna F. Kennedyja in Roberta Kennedyja. Trdil je tudi, da je Marlene Carson zmagala v glasovanju ljudi zaradi glasov milijonov nezakonitih priseljencev.

Medtem ko je bil leta 2015 na poti kampanje, je Wagner trdil, da petodstotna stopnja brezposelnosti ni dejanska niti približno blizu dejanski. Izjavil je, da je videl številke od 20 do 45 odstotkov.

Te napačne številke je dal, da bi si želel okrepiti vezi med člani določene skupine, ki so prav tako promovirali iste napačne številke. Medtem ko ga njegova nepoštenost ni stala podpore njegove baze, je to razjezilo in zmedlo vse ostale.

Poleg ustvarjanja številk z vrha glave je Wagner pogosto pozabil na ljudi ali organizacije, ki so mu koristile. To je kljub temu, da je imel najboljši spomin od vseh na svetu. Nenehno je trpel amnezijo, tudi glede lastnih izjav.

En primer njegove "izgube spomina" je imel KKK in njegov ustanovitelj David Duke. Wagner je izjavil, da ne pozna Duka, kljub prejšnjim komentarjem.

Potem ko je Wagner postal predsednik, je njegova stalna nagnjenost k lažnim izjavam ustvarila skupino preveriteljev dejstev. Novinarske organizacije so izpodbijale njegove lažne trditve in izkrivljanje dejstev ter trditve njegovih visokih uradnikov. Število laži, ki sta jih povedala predsednik in njegova uprava, je vse bolj ogajalo moje kolege novinarje in mene. Wagner je od takrat izjavljal še bolj ogorčene razglase.

Medtem ko so drugi politiki v najslabšem povprečju znašali približno osemnajst odstotkov napačnih informacij, je Wagner v povprečju znašal šestinpetdeset odstotkov, ko je šlo za lažne podatke. Rekordna hitrost Wagnerjevih zavajanj je pomenila, da je preveritelj dejstev imel težaven čas.

Od zmage na volitvah se pogovorimo o nekaj specifičnih temah. Kako je z domnevno velikostjo njegove inavguracijske množice? Pretiraval je s številkami navzočih, čeprav dokazi nasprotno.

Mediji se je klatil, da je izgledal kot lažnivec, ko v resnici; to je storil sam. Fotografije in videoposnetki so dokazali, da je Wagner pretiraval s številom ljudi v National Mall.

Kot smo že omenili, je Wagner izgubil priljubljeno glasovanje Marlene Carson, vendar je zmagal na volilnem kolegiju. Ne le, da je trdil, da je priljubljeno goljufivo, trdil je, da je zmaga na volilni šoli plaz. Izjavil je, da tri države, ki jih ni dobil, niso bile zaradi velike goljufije zaradi petih milijonov nezakonitih glasov za Carson.

Za vse leto 2017 in del leta 2018 je Wagner svojega osebnega odvetnika Adama Silversteina pogosto hvalil kot fantastičnega odvetnika, ki je bil večno zvest in oseba, ki jo je vedno spoštoval in na katero se je lahko zavezal.

Po Silversteinovem pričevanju v zvezni preiskavi je Wagner spremenil napev in napadel odvetnika. Nekatere žalitve, ki so se slišale v Silversteinovo smer, so vključevale podgana, šibko osebo in nekoga, ki ni bil zelo pameten.

Ko je že govoril o preiskavi, Wagner tega ni mogel pustiti, ne da bi z njim zatresel vsako priložnost. Wagner je razglasil, da je preiskava nezakonita, imenovanje posebnega zagovornika pa neustavno. Kasneje je sodnik, ki ga je imenoval, presodil, da je posebni odvetnik ustavni, pa tudi senat za tri sodnike pri okrožnem prizivnem sodišču DC.

Po objavi poročila posebnega svetovalca je Wagner poslal tvit, v katerem trdi, da ga je poročilo popolnoma oprostilo dogovarjanja in oviranja pravičnosti. Wagnerjev generalni državni tožilec Philip Seymour je nasprotoval predsedniku, ker je navajal poročilo, ni ugotovil, da je Wagner storil kaznivega dejanja, niti da ga ni oprostil.

Za gospodarstvo se je Wagner pod svojim predsedstvom pogosto hvalil, bilo je najboljše v zgodovini ZDA. Lažno je tudi ponovil, da bodo ameriški trgovinski primanjkljaj ocenili kot izgubo države. Prav tako je trdil, da so bila njegova znižanja davkov največja v ameriški zgodovini.

Med svojo kampanjo je trdil, da se bo primanjkljaj s svojimi politikami zmanjšal za pet do šest odstotkov. V letu 2019 je zrasel na 2,8 odstotka, kar je bilo enako kot predsedniku Garciji leta 2014.

Septembra 2017 je bil njegov deveti mesec na funkciji; izognil se je odpravi zveznega dolga v osmih letih. Dolg so ocenili na devetnajst bilijonov dolarjev. V letu 2018 je primanjkljaj dodal osemsto milijard, kar je za približno šestdeset odstotkov več od napovedi petsto milijardne konjunkture.

Wagner je marca 2019 trdil, da so izvozniki iz Kitajske nosili tarifno breme. Glede na študije pa so stroški, ki so jih prevzeli, izkazali potrošniki in kupci tega uvoza.

Zdi se, da Wagner ni razumel, da so tarife regresivni davek, ki so ga prenesli na ameriški narod. Trdil je, da bi tarife dejansko zmanjšale primanjkljaj v trgovini; povečal je primanjkljaj na rekordno raven iz preteklega leta.

Zdaj pa si oglejmo pandemijo COVID-19. Ko je prvič zadel ZDA, ga je odbrusil; navaja, da bi bilo vse v redu. Ko se je virus eksponentno razširil, je ponovil svoje presenečenje, rekoč, da nihče ni vedel, da se bo spremenil v pandemijo takih razsežnosti.

Vendar pa dokazi kažejo, da so njegovo upravo opozorili nanjo in na nevarnost za ameriške državljane. Zavzeli so se za vsak načrt, ki jim je bil dodan, da bi čim bolj zmanjšali posledice.

Izkazal sem se kot njegov največji antagonist. Prezrl je dejstvo, da sem ga redno pritiskal nazaj, ko je šlo za njegove neresnice in njegova protislovja. Poskušal mi je prepovedati obiskovanje novinarskih poročil Bele hiše.

Moje izgnanstvo ni trajalo dolgo, ker so se mnogi moji kolegi novinarji izrekli proti. Predsednika so opozorili, da ne more odvzeti novinarske izkaznice v maščevanje za nobeno vprašanje, ki bi se mu zdelo žaljivo.

Primerjava Wagnerja z Hitlerjem

Kot ste verjetno uganili, sem privrženec politične zgodovine. Fascinirani so nad tistimi, za katere se zdi, da prihajajo od nikoder in prevzamejo popoln nadzor nad državo. Kim Jong-un in njegova družinska zgodovina sta enega takšnega despota, toda Hitler je daleč tisti, ki me najbolj zanima.

Verjetno se sprašujete, kako je Wagner v primerjavi s fašističnim diktatorjem Adolphom Hitlerjem. Samo spomnite se, da Hitler ni prevzel oblasti na silo, tako kot tudi Wagner ni prevzel oblasti.

Namesto tega je uporabil floridne izraze, ki so nemško prebivalstvo dovolj prepričali, da ga je glasoval za svojega populističnega vodjo. Wagner je podobno izrazoslovje uporabljal kot prebivalci ZDA in zavestno je sledil skrajnejši propagandi in politiki, ki jo je Hitler postavil v tridesetih letih 20. stoletja.

Ko je Wagnerjeva prva žena Tatjana vložila ločitev, je dejala, da je natančno preučil knjigo Hitlerjevih predvojnih govorov in da jo je imela zaklenjeno v omari poleg njihove postelje. V tej knjigi so bili poglobljeni pregledi, kako so ti govori vplivali na tisk in politiko Hitlerjeve dobe. So čudovita zbirka demagoške manipulacije.

Wagner se je naučil iz govorov in svojo različico sprostil ljudem na svojih shodih in državljanom Amerike. Tako kot Hitler je tudi Wagnerjev govor tekel po ustaljenem toku strahu, pohlepa, sovraštva, laži, napol resnic in zavisti. Postal je mojster delitvene retorike, kar mu je na koncu dalo Belo hišo in moč, ki si jo je želel. Toda sovražni govori so le ena podobnost.

Za tiste, ki ne vedo, večina ni izvolila niti Hitlerja niti Wagnerja. Tako kot Hitler je tudi Wagner demoniziral nasprotnike in ni bilo nikogar, ki bi bil zunaj meja. Oba moška sta svoje tekmece klicala kot zločince in močvirne podgane. Žal nihče ni prišel naprej, da bi ustavil nobenega od njih.

Druga podobnost med njima so neposredni komunikacijski kanali, ki so jih našli pri svojih bazah. Medtem ko sta Hitler in njegova nacistična stranka oddajala radijske sprejemnike samo z enim svojim kanalom, je Wagner s svojo koristjo uporabil Twitter.

Oba moška sta krivila vse druge in svoje države razdelila po rasni poti. Edina razlika je v tem, da se je Hitler osredotočil predvsem na judovsko prebivalstvo, medtem ko se je Wagner osredotočal na Afroameričane, Latince in muslimane.

Wagner je priseljence iz Afrike omenil, da prihajajo iz deželskih držav in je ponižal vsakega človeka, ki se ni upal strinjati z njim. Ni imel težav, da bi se zasmehoval nad drugimi, vendar ne daj nebo, če bi kdo govoril proti njemu. Zanj je bila to travestija in ne Američanka.

Za tiste, ki so ponudili objektivno resnico, sta jih oba neusmiljeno napadla. Wagner in Hitler sta si prizadevala za delegitimizacijo glavnih medijev, ker sta se osredotočila na svoje netočnosti. Hitler jih je imenoval lažni tisk; Wagner je uporabil izraz lažne novice.

Oba sta obtožila medije, da širijo lažno propagando, da bi spodkopali njihov položaj v svojih državah. Ko so jim novinarji postavljali legitimna vprašanja, sta bila Hitler in Wagner v svojih odgovorih brutalna in sta jih klicala po imenih.

Wagner je množice na svojih shodih pogosto vodil v popevkah, kot so "CNN Sucks." Zavrnil je celo ameriško zastavo na polovici jarma v čast umorjenim novinarjem v majhnem časopisu Albany.

Neresnice obeh moških so zameglile resničnost in njihovi podporniki so več kot z veseljem širili te laži. Wagnerjeva nagnjenost k laganju o osebnem vedenju bi bila lahko uspešna le, če bi njegovi podporniki svobodno sprejeli, kot je Wagner rekel, alternativna dejstva in svoja skrajna pretiravanja vidijo kot sveto resnico.

Oba moška sta organizirala veliko srečanj, da bi pokazala svoje visoko stališče v veliki shemi. Ko so vzpostavili osebno komunikacijo z bazami, so okrepili svoje vezi z velikimi shodi.

Druga skupnost med obema mošema je bilo njihovo sprejemanje intenzivnega domoljubja. Hitlerjeve stroge zahteve do njegove baze so vključevale skrajno različico nemškega nacionalizma.

Pohvalil je Nemčijo, ki ima sijajno zgodovino, in obljubil, da bo njihovo državo pripeljal na svoje mesto, kot narod, ki ga ne bo presegla nobena druga država. Wagner je te domoljubne občutke za ameriško izjemnost izrazil s svojim sloganom "Naj ZDA postanejo spet najboljše."

Oba sta mejilo na zaključek svojih meja postalo osnova. Hitler je zamrznil nearijske migracije v Nemčijo in Nemcem onemogočil odhod, ne da bi za to pridobil dovoljenje. Tudi Wagner je zapiranje ameriških meja postavil kot prednostno nalogo.

Hitler je zavrnil vstop Judov, Wagner pa je hotel prepovedati muslimane in iskalce svetišč iz Srednje Amerike. Z zapiranjem meja so sprejeli politiko množičnih deportacij in pridržanj.

Oba moška sta obljubila, da bosta preprečila, da bi tok nebelih ljudi prišel v njihove države. Uporabljali so jih kot hudodelce in jih krivili za težave v svoji državi. Tako kot nacisti je tudi Wagner ločil otroke od svojih staršev, da bi jih kaznoval, ker so želeli boljše življenje.

Wagner in Hitler sta se z večnacionalnim sodelovanjem spopadala z mednarodnimi pakti in pogodbami. Grozijo, da se bodo umaknili iz dolgoletnih partnerstev, ki se jim zdijo neugodna.

Z vojsko oba moža povzdigujeta oborožene sile in v službo svojih uprav privedeta upokojene generale. Oba sta zahtevala, da sta podložnika podpisala prisego zvestobe in takoj odpuščala vsakogar, ki bi se jim upal nasprotovati.

Wagner občuduje Hitlerja, zato je od nekaj danih primerov več kot vesel ponovitve vsakega koraka tirana.

Ne razumem, kako so se Američani pripravljeni sprijazniti s svojimi očitno rasističnimi in avtonomnimi stališči. Mnogi med njimi ne in voljno protestirajo - glasno - proti njegovi politiki.

Kot sem že omenil, je izgubil ljudstvo in mu je zameril. Verjel sem, da so ljudje, ki protestirajo na ulicah, tisti, ki so glasovali za njegovo nasprotnico, Marlene Carson. Wagner je to uporabil za krepitev svoje retorike, ko je vsakogar, ki se je združeval proti njemu, označil za krivoverce.

Nikoli nisem bil ljubitelj volilne šole in to je bil ključni razlog, zakaj. Ljudsko glasovanje bi moralo določiti, kdo bo postal predsednik ZDA. Na enak način kot bi bilo suženjstvo, bi morali ukiniti volilni kolegij.

Smo edina država na svetu, kjer ljudski glas ne pomeni nič. No, v dejanskih demokratičnih družbah vseeno, ker vsi poznamo države, kot je Rusija, glasovi res ne štejejo, kot bi morali.

Posebna preiskava in obstoj

Mislim, da bi morali govoriti o preiskavi. Wagner je že od začetka trdil, da je do tega prišlo, ker so ga demokrati 'razjezili' zaradi izgube Bele hiše. Preiskava se je osredotočila na zaroto z Rusijo in oviranje pravičnosti.

V celotni Wagnerjevi kampanji je pogosto zahteval od Rusije, naj poišče umazanijo na svoji demokratski nasprotnici Marlene Carson. Namignil je tudi Putinu in njegovim rojakom, da mu pomagajo pri zmagi na volitvah.

Posebna svetovalka, Loretta Francis, je zaključila, da ni našla dovolj dokazov, da se je predsedniška kampanja zarotila z rusko vlado, da bi se vmešala v volitve. Preiskovalci so naleteli na šifrirane, izbrisane ali neshranjene komunikacije.

Soočili so se tudi s pričami prič, ki so se izkazale za lažne ali nepopolne. Številne priče niso pričele s pričanjem in navajale "izvršilni privilegij."

Kljub prizadevanjem Wagnerja, da bi blokiral informacije preiskovalni skupini, je poročilo potrdilo vmešavanje Rusije v kampanjo 2016. Ugotovilo je, da je bilo vmešavanje nezakonito in da je potekalo sistematično in dolgotrajno.

Poročilo je opredelilo povezave med zaposlenimi v kampanji, ki so povezane z Rusijo, vsi pa so dali lažne izjave in ovirali preiskavo. Frančišek je izjavil, da je ta sklep o ruskem vmešavanju zaslužil pozornost vsakega ameriškega državljana.

Drugi del poročila je bil osredotočen na oviranje pravosodja s strani Wagnerja in njegovih podrejenih. Če bi upoštevali mnenje urada pravnih svetovalcev, da je sedanji predsednik neprimeren za kazenski pregon, je preiskava uporabila premišljen pristop, da Wagner ne bi storil kaznivega dejanja.

Posebni svetovalec se je bal, da bi obtožbe vplivale na sposobnost predsednika vlade, zato bo preprečil obstoj. Menili so, da bi bilo nepošteno obtožiti predsednika za kaznivo dejanje brez obtožb ali sojenja. Ugotovilo je, da Wagner ni storil nobenega kaznivega dejanja, hkrati pa ga tudi ni oprostil.

Preiskovalci niso bili prepričani, da je Wagner nedolžen, saj je zasebno poskušal nadzorovati preiskavo. V poročilu je zapisano, da se bo Kongres lahko odločil, če bo predsednik oviral pravico in ukrepal, tj. Obtožil.

Mesec dni po poročilu je generalni državni tožilec Tom Wilson Kongresu poslal štirstransko pismo, da bi se podrobneje opredelil do njegovega zaključka. Dva dni pozneje je Francis napisal zasebno sporočilo Wilsonu, v katerem je navedel, da pismo Kongresu ni uspelo zajeti prave vsebine, narave in vsebine dela iz urada posebnega svetovalca. Zaradi tega je privedlo do zmede javnosti.

Generalni državni tožilec je zavrnil zahtevo po izpustitvi celotnega poročila in uvodnih povzetkov. V pismu kongresu sta Wilson in namestnik generalnega državnega tožilca Parker Cromwell ugotovila, da predstavljeni dokazi ne vzbujajo nobenega oviranja pravičnosti s strani predsednika Wagnerja.

Kasneje je Wilson izpovedal, da predsednika ni nikoli oprostil obtožbe, ker je ministrstvo za pravosodje ne. Prav tako je izpovedal, da niti on niti Cromwell v celoti nista pregledala osnovnih dokazov iz poročila.

Tega julija je Loretta Francis pričala pri Kongresu; lahko so predsedniku zaračunali, ko ne bo več na svoji funkciji. Naslednje leto je sodnik, ki ga je imenoval republikan, prevzel, da je pregledal redakcije, da bi ugotovil, ali so zakonite. Verjel je, da je Wilson zavajajoče navedbe poročila, da je Wilson poskušal vzpostaviti enostranski račun, da bi dal prednost svojemu šefu.

Kaj je spodbudilo preiskavo, vprašate? Zakaj, razrešitev Richarda Matthewsa, direktorja FBI-ja, seveda. Matthews je vodil stalno preiskavo povezav med Wagnerjem in ruskimi uradniki.

Matthews je pomagal začeti preiskavo. Dobil je informacije, da se je Wagner dogovarjal s Putinom in njegovimi podrejenimi. Direktor FBI je postal sumljiv, ko so se mu znašli drugi dogodki in informacije.

Ta preiskava se je začela julija 2016, ko je zunanjepolitični svetovalec Graham Jansen nehote razglasil Wagnerja in njegovo osebje vedel, da so Rusi prejeli manjkajoča e-poštna sporočila Marlene Carson. Rusi so ukradli ta e-poštna sporočila in Wagner je to vedel še pred komur koli drugim.

Deset dni po razrešitvi Richarda Matthewasa je namestnik generalnega državnega tožilca Parker Cromwell za posebnega svetovalca za prevzem preiskave imenoval Loretto Francis.

Rezultati omenjenih preiskovanih so bili štiriindvajset obtožb. Obtožnice so vsebovale proti nekdanjim uslužbencem kampanje. Mnogi med njimi še vedno čakajo na sojenje.

Ali še kdo vidi zgodovino, ki se tu ponavlja? Se Nixon ni soočil z obstojem zaradi ukradenih dokumentov DNC?

Toda Nixon je bil dovolj pameten, da je odstopil, preden se je lahko začel postopek. Wagner je bil preveč poln samega sebe, da bi to celo premislil. Poleg tega je vedel, da ga bodo prijatelji v senatu oprostili.

Frustrira me, da so se naši politiki tako razšli in sodelovali. Izvolili smo jih v pisarno, da bi delali za nas, ljudi in ne za njihov dnevni red. Kako smo prišli sem?

Zakaj oglašujejo in trkajo na nasprotnike? Zakaj ne morejo preprosto odložiti, na čem tečejo, in ga pri tem pustiti?

Vendar ne; morata si medsebojno umazati umazanijo, namesto da bi bili odrasli in profesionalni. Sprašuje me, zakaj sploh glasujemo za katerega koli od njih.

Martin Wagner je sovražil, da ga tožijo in je mislil, da so tisti, ki so zoper njega vložili zadeve, zlobni ali pa iščejo le veliko plačilo. Po njegovem mnenju ni storil nič narobe in je bil največja oseba, kar se je kdaj rodilo. Javno bi razbil vsakogar, ki si ga je drznil spraviti na sodišče. To se mu je zdelo žaljivo za njegovo samo bitje.

Tako je, kot je bilo pričakovano, Martin Wagner na zaslišanju obtožbe sprožil prepir. Potegnil je muke kot dvoletnik z vsakim drugim dogodkom ali novico, ki ga je prikazal v slabi luči. Wagner je tako zelo mislil nase, zameril je vsakomur, ki je trdil drugače.

Tako kot pri preiskavi posebnega svetovalca ga je označil za prevara in lov na čarovnice. Sovražil je, da bi se kakršna koli negativna osredotočenost nanj in ni imel težav z njim.

Wagner je obtožil obtožbe, ker je trdil, da ga je Poročilo posebnega svetovalca maščevalo. Tudi če bi ga, kar ni, ni bil katalizator obtožbe.

To pa je bilo zaradi tajnega telefonskega klica ukrajinskemu predsedniku Vladimirju Kovalenku. To je imelo vse v zvezi z njim, ko je novega predsednika skušal prisiliti v iskanje umazanije o njegovem potencialnem demokratičnem tekmecu 2020, Jimu O'Learyju.

Če ne bi bilo žvižgača, nihče ne bi vedel za telefonski klic. Wagner je zahteval ime žvižgača, vendar so zaradi zakonov, ki ščitijo vsakogar, ki je javnega uslužbenca razkril kršitve, zavrnili njegovo zahtevo. To je razjezilo predsednika, ker ni mogel nikogar ustrahovati, da bi mu pustil pot.

Preiskava v predstavniškem domu je trajala približno dva meseca v drugi polovici leta 2019. Na sredini preiskovalnih odborov, odborov za obveščevalne in nadzorne zadeve ter za zunanje zadeve so vsi odpuščali priče o Wagnerjevi zlorabi oblasti in oviranju pravice.

Peti december je hišni obveščevalni odbor po strankah glasoval o sprejetju končnega poročila. Potem ko je mesec november preživel na javnih obravnavah, da bi priče pričele na javnem forumu. Verjeli so, da ima ameriško ljudstvo pravico slišati, kar imajo priče povedati.

Dva dni po objavi poročila je polna predstavniška zbornica potrdila obe poročili z vsemi republikanci, ki nasprotujejo skupaj z dvema demokratoma. Medtem ko so demokrati še naprej osredotočeni na zaslišanje prič v zvezi s temami oviranja pravice in zlorabe položaja,

Republikanci so storili vse, kar je bilo v njihovi moči, da so se oddaljili od zadeve. Zdi se, da želijo Wagnerju poslati sporočilo, da so na njegovi strani. Toda, kot je že bilo navedeno, so imeli demokrati dovolj glasov v svojo korist, da so lahko dosegli.

Na srečo Wagnerja se je v celoti izkazal senat. V senatu je bilo dovolj republikancev, da so predsednika oprostili vseh obtožb. Vodja večine v senatu Ralph Jackson je dal jasno vedeti, preden bodo članki zadeli besedo senata, da bo oprostil predsednika Wagnerja.

Razen enega republikanskega senatorja Jamesa Whitbyja iz Michigana je celoten republiški kontingent glasoval za oprostilno sodbo. Senator Whitby je izjavil, da ne more glasovati po svoji vesti, da bi Wagnerja oprostili umazanih dejanj; umazana dela, za katere so vsi vedeli, da so se zgodila, a so se voljno zatiskali.

Kljub prizadevanjem Whitbyja je njegova beseda padla na gluha ušesa. Toda čeprav je Wagner pobegnil, da bi ga odstranili s funkcije, je postal tretji predsednik v zgodovini ZDA.

Toda za tiste, ki se ne spomnijo, se je isto zgodilo, ko se je demokratični predsednik Michael Carson soočal z obstojem, ker je lagal kongresu o svoji aferi s svojo stažistko Jennifer Jacobs. Predstavniški dom je bil takrat v republikanski večini in ga je vodil po strankarskih poteh, medtem ko ga je demokratični senat oddaljil od obtožb.

Razlika med Wagnerjem in Carsonom je v tem, da Carson ni dal svojega mnenja o primeru in se osredotočil na delo. Wagner je začutil, da je treba skočiti in izraziti svoje neodobravanje vsak trenutek, ko je mogel. Carson se je tudi opravičil za svoje početje, medtem ko je Wagner vztrajal, da ni storil nič narobe.

Njegova ljubezenska zveza s Putinom in občudovanje drugih komunističnih voditeljev

Wagner že leta dokazuje, da ima toplo mesto v srcu za Rusijo in njenega vodjo Vladimirja Putina. Za časom je zavrnil široko zastavljeno ameriško zunanjo politiko, da bi se usklajeval z Rusijo. To je vključevalo vse, od vmešavanja volitev do tekoče vojne v Siriji.

Vidim, zakaj je Wagner občudoval Putina. Ruski vladar se je obnašal kot človek z aristokracijo in imel je nasmeh, ki bi se mu zdel očarljiv. Ukazal je spoštovanje svojih ljudi, četudi ga je grozila huda kazen.

Wagnerjeve povezave s Kremljem so bile katalizator preiskave posebnega svetovalca. Po Wagnerjevem mnenju so obtožbe dokazale, da so demokrati zarotovali proti njemu.

Na svoj tipičen plamen način je razglasil za najstrožjega predsednika v Rusiji.

Wagner se je od svojega časa zasebnega državljana redno vzvijal v svoje predsedstvo. Takšne pohvale je uporabil kot milostna oseba, močan vodja in pameten posameznik. Je eden redkih voditeljev na zahodu, ki je trdil, da se lahko ujema z ruskim predsednikom.

Ko je Wagner spomladi 2016 najel Petra LeBlanca, ki je vodil svojo kampanjo, je marsikoga omahnilo. LeBlanc je več kot deset let sodeloval s proruskimi vladarji in strankami v Ukrajini.

Zaradi svojega dela je gojil intimne odnose z oligarhi, ki so bili naklonjeni Putinu. LeBlanc zdaj prestaja čas v zaporu zaradi izogibanja davkom na milijone dolarjev, ki jih je zaslužil za čas svetovanja v Ukrajini.

Ko je Rusija anektirala Krim, je Wagner pohvalil Putina in celo predlagal, da je v redu, če bi Rusija obdržala ukrajinsko ozemlje. Ponovil je lažno trditev Kremlja, da bi krimski ljudje raje ostali pri Rusiji kot Ukrajini.

Ko je preiskava dokazala, da se je Rusija vmešala v volitve leta 2016, Wagner ni bil pripravljen podpisovati sankcij zoper njih.

Od dneva, ko je Wagner prevzel funkcijo, je Rusija visla nad svojim predsedovanjem. Kljub vsaki možnosti, da olajša pomisleke ljudi glede Rusije, je Wagner tega zavrnil.

V nasprotju z opozorilom lastnih pomočnikov, da Putinu ne bo čestital za njegovo ponovno izvolitev, je Wagner poklical ruskega vodjo in mu čestital.

Wagner je na vrhu v Pragi sprejel Putinovo besedo, da se ne vmešava v volitve v ZDA. To kljub ugotovitvam obveščevalnih agencij, da je Putin dovolil vmešavanje v kampanjo.

Zdi se, da ni vseeno, kaj je počel ruski voditelj, Wagner je Putinu vedno dal dovoljenje.

Potem imamo Kim Jong-una, vrhovnega vodjo Severne Koreje. Wagner je izkazal svoje občudovanje in popolno zaupanje neusmiljenemu diktatorju. Na nacionalni televiziji je objavil, da se bo par zaljubil.

Njegova pripadnost Kim Jong-unu ni tako preprosta, kot je njegovo razumevanje, kdo je v resnici brutalni tiran. Kimu laskajo, ker je severnokorejski voditelj že po prvem srečanju prenehal groziti ZDA.

Toda premirje je prenehalo, potem ko so se jedrski pogovori med Wagnerjem in Kimom prekinili. V zadnjih mesecih smo od obeh voditeljev slišali le malo, vendar je to morda posledica drugih perečih vprašanj, ki izhajajo v ospredje.

Končni tuji vodja Wagner je na kratko pohvalil Kitajsko Xi Jinping. Medtem ko je Wagner zaničeval azijsko državo zaradi trgovinskih in gospodarskih vprašanj, je dejal, da se mu zdi, da je Xi ustvaril način, da postane predsednik za življenje.

Wagner je temu dodal, da naj bi ZDA sprejele isto zamisel.

Zdi se, da ima Wagner naklonjenost do svetovnih voditeljev, ki se prerivajo, da so močni in vsemogočni. Zdi se, da ne razume, kako voditelji vodijo svoje perspektivne države.

Wagner ne more videti, da ti moški vladajo z železno pestjo in se bojijo, kako se je sklanjal. Ali pa jih morda ima in to je tisto, kar pri njih najbolj občuduje.

Kot človek, ki je veroval, da so ZDA največja država na svetu, se mi zdi ta trend moteč. Ali res želimo postati država, kot je Rusija ali Kitajska, kjer njeni državljani živijo v strahu pred svojo vlado?

Jaz ne. Všeč mi je dejstvo, da smo svobodna država in da imamo že skoraj dvesto petdeset let.

Mi lahko svobodo govorimo proti svojim voditeljem brez maščevanja s časom zapora ali s smrtjo. Imamo svobodo do protestov.

Svobodno lahko živimo svoje življenje, ne da bi nas skrbelo, da nas bodo tajni agenti ugrabili z ulice iz nobenega drugega razloga, kot da so nas sosedi zasuli in si izmislili neresnice.

Bojim pa se, kam nas bo odpeljala retorika Martina Wagnerja. Njegovo nenehno nasiljevanje vsakogar, ki se oglasi proti njemu, in njegovo zaničevanje novinskih organizacij je slabo in spominja na Hitlerjevo tiransko vladanje nad Nemčijo.

In vidim, da njegovi privrženci ignorirajo znake, da je Wagner isti tiran kot Hitler. Edino upanje sem, da se bodo izmuznili iz hipnoze, pred katero bo prepozno.

Njegovi pogledi na ženske

Vsak, ki je leta sledil Wagnerju, ve, da ima seksističen odnos. Ni skrivnost njegovega pogleda na ženske. Nikoli ni skrival dejstva, da je šovinist, in skoraj je bil videti, da je na to ponosen.

Ne razumem, kako bi lahko vsaka ženska, ki ima kakršen koli občutek za to, podprla takšno vedenje. Nikoli jih ni spoštoval in jih je obravnaval kot umazanijo.

Wagner je celo priznal, da spolno napada ženske in trdi, da če si slaven, da ti bodo karkoli dovolili. Sramotno in grozno je za vsakogar, ki ima občutek skupne spodobnosti.

Njegova največja obsesija je povezana z ženskimi pogledi. Nenehno se je bal s Sandro McCarthy, igralko in stand-up komedijo.

Wagner je pogosto poudarjal žensko težo in da je mislil, da je videti kot prašič. McCarthy, ki ne bi bil takšnih komentarjev, je vedno streljal z enakim strupom.

Wagner je to preziral. Njegov velikanski ego se je zlahka zmotil, zato ga je vsaka neposredna ali posredna rahlo razjezila. Nazaj in nazaj med Wagnerjem in McCarthyjem se je začelo sredi 80. let in traja še danes.

Za njegovo izbiro žena so morale biti vse mlade, lepe in fizično sposobne. Do trenutka, ko se je poročil s svojo tretjo ženo Cilko, je pridobil več kot sto kilogramov in je bil dvakrat njen.

Očitno je bil njegov odnos hinavski, ko je šlo za lasten videz. Ni mu bilo pomembno, če je bila njegova žena ali dekle vroča rit.

Njegova zakonca se nista motila glede videza svojega moža in zato smo ju označili za kopače zlata. Mogoče je bilo nepošteno, toda imel je svoja merila za izbiranje partnerjev in ni se mu zdelo vseeno, če bodo le po njegovem denarju.

V javnosti je pogosto omalovaževal svoje žene, med drugim je jasno nagovarjal Cilka ob njegovi inavguraciji. Boleč pogled na njenem obrazu je glasno govoril po svetu. Wagnerju ni bilo vseeno. Bil je torej človek; vladal je in vsi ostali so morali ubogati.

Wagner ni nikoli diskriminiral o tem, koga zaničevati, ko gre za žensko populacijo. Po eni od republikanskih razprav je izstrelil edino žensko komisarko in zatrdil, da je na njenem menstrualnem ciklu, ker je postavljala težka, zakonita vprašanja in mu zavrnila, da bi se izognil odzivu. Kot je izjavil, je sovražil, da bi bil videti kot norec, zlasti s strani nizko samice.

Približno teden dni pred splošnimi volitvami so v javnost objavili video iz tedenske zabavne oddaje The Hollywood Roundup. Na videoposnetku smo lahko slišali Wagnerja, ki se muči z gostiteljem, Cameronom Petersonom.

Cameron je bil poleg samega sebe v smehu, ko je Martin opisal, da "ženske zgrabijo za muco." Dejal je, da mu dovolijo, ker je slaven in znane osebnosti lahko brez posledic počnejo vse, kar hočejo.

Pred izidom videoposnetka je imel Wagner proti njemu tožbe zaradi različnih kaznivih dejanj spolnega napada. Nihče od njih ni nikoli našel poti do sodišča. Po videu se je več deset žensk predstavilo, da bi se srečale z Wagnerjem.

Wagner je njihove obtožbe zanikal, kar pa doslej nikogar ne bi smelo presenetiti. Trdil je, da žensk nikoli ni srečal, pa tudi če bi to storili, to niso bili njegov tip. Ker niso bili njegov tip, je Wagner izjavil, da z njimi ne bi imel ničesar.

To je povzročilo nemir med skupinami žensk po vsej državi. Seksualnim plenilcem ni bilo mar za ženski videz, ko je šlo za to, da bi zadovoljili njihove pozive.

Vsi so mislili, da bo objava videoposnetka izpad Martina Wagnerja, vendar so se njegovi podporniki zbrali okoli njega. Njegov govor so v avtobusu zagovarjali z navedbo, da gre le za podstavke slačilnic.

Kljub prekletemu videu in trditvam o spolnih kršitvah je Wagner še vedno osvojil volilni kolegij, da bi postal 45. predsednik ZDA. Tudi potem, ko je postal voditelj svobodnega sveta, Wagner ni nikoli zajezil svojih stališč ali načina govora.

Medtem ko je z večino moških novinarjev ravnal spoštljivo, je z ženskimi novinarji ravnal nasprotno. Pogosto je vzel njihova vprašanja, pogosto so bila trivialna, ženske pa so jih označevale kot grde in neinteligentne.

Kljub besednim napadom na ženske je še vedno ohranil močno žensko, ki ga je glasno branila. Dvomim o vzgoji teh žensk. So bili verbalno, duševno, čustveno in / ali fizično zlorabljeni? Če ne, kaj se je zgodilo? So prišli iz domov, kjer so bili moški vladarji sveta, ženske pa zgolj podrejene?

Ne morem si zamisliti nobenega drugega razloga, da bi ženske strogo branile moškega, ki misli tako malo njih. Svoja dekleta sem vzgajala, da bi naredila zase. Naučil sem jih, kako popraviti avto in zamenjati pnevmatike. Naučili so se uporabljati vsako orodje v moji delovni sobi.

Če bi se poročili z moškim, bi bila to iz ljubezni in ne zato, ker bi od njega odvisni, da bo po hiši opravljal ročna dela. Vzgojil sem jih, da so samostojne in samozadostne. Z ženo sva se prepričala, da sta prejela kakovostno izobrazbo in našla kariero, v kateri sta uživala, ter podpirala svoje življenje.

Gospodarice

Wagner, prevarant? No ja. Ja, je in poznamo ga po tem, da ne samo vara svoje žene, ampak vara svoje ljubice.

Nisem razumel, zakaj bi odstopil zunaj svoje zakonske zveze. Njegova prva žena Eva ni bila le lepa, ampak je bila inteligentna. Pomagala mu je pri njegovem nepremičninskem poslu na Manhattnu in odigrala pomembno vlogo pri tem, da ne bi postal popolnoma neuspešen.

Pa vendar jo je Wagner večkrat varal z več ženskami. Ne le, da jo je varal, prevaral je vse tri svoje lepe žene. Kaj je bilo narobe z njim, razen da je bil pompozen rit, ki je mislil, da lahko počne, kar hoče?

Ni skrivnost, saj se Wagner rad hvali s svojimi spolnimi osvajanji. Velikokrat me je spraševalo, zakaj so njegove žene ostale tako dolgo, kot sem prepričan, večina ljudi.

Njegova prva poroka z Evo se je razšla skoraj takoj po tem, ko so tabloidi razkrili njegovo afero z Moniko McCarthy. Brezsramno jo je pripeljal na družinske smučarske počitnice v Zürich in se po svojih najboljših močeh skril pred Evo in otroki.

Kljub temu trudu je Monika pristopila k Evi in dejala: „Obožujem tvojega moža. Se sprašujete, ali tudi vi?"

Ali lahko prenesete drznost tega, kar sta naredila tako Monika kot Martin? Ko sem to prebral, nisem mogel verjeti živcem teh dveh. Ne vem, kateri od njih je bil hujši, in je očitno drgnil svojo afero v oči z Evo in njihovimi otroki.

Monika se je v številni oddaji Hill Street Times hvalila, da je seks z Martinom najboljši, kar jih je kdajkoli imela. Wagner je zgodbo potisnil, ker je rad videl njegovo ime v tisku. Med vsem tem pa sta se z Evo še morala razvezati.

Preden se je poročil z Moniko, je predstavljal svojega lastnega tiskovnega predstavnika Roberta Rikerja in novinarju ameriške revije povedal, da ne bo šel, da bi se poročil z njo. Trdil je tudi, da ima še štiri ljubice, medtem ko je imel afero z Moniko.

Medtem ko je z Moniko spal tudi z Antonijo Ramirez Garcia. Ramirez Garcia je bil profesionalni teniški igralec iz Venezuele in v času afere dvajset let star.

Njuna afera je trajala le nekaj mesecev, ko se je Antonia želela osredotočiti na svojo kariero, namesto da bi spala s poročenim moškim. Dvakrat je zmagala na OP Francije in Wimbledonu.

Z Antonijo sem zaslišal kmalu po tem, ko je z Martinom prekinil stvari. Njuna afera ni bila skrivnost in želel sem vedeti, zakaj ima afero s poročenim moškim.

"Ker sem se mu zdel zanimiv moški," je odgovorila s svojim debelim venezuelskim naglasom. "Poleg tega je bil seks fantastičen. Nikoli nisem bil z boljšim ljubimcem. "

Druga afera, ki jo je imel med druženjem z Moniko, je bila z devetindvajsetletno manekenko iz New Yorka Fayanne Williams. Spoznala sta se v Miamiju med fotografiranjem za več športnih revij. Afera se je končala po več mesecih, ko je srečala svojega moža bobnarja Colina North-a.

Nekaj let po zakonu z Moniko je Wagner začel razmerje z Bindi Baldwin. Bindi je bila visoka, blond avstralska manekenka in igralka. Medtem ko je afera trajala približno šest mesecev, je bila Wagnerjeva dovolj naklonjena, da je podprla njegovo kampanjo za ameriško predsedstvo.

Med ločitvijo od Monike se je povezal z manekenko Amando Knoxville. Samo radovedno, če kdo drug tu vidi vzorec? Ta je za razliko od prejšnjih afer trajala štiri zmenke.

V nasprotju z Amando je bila njegova afera z Anito Lacewood precej zmedena. Spoznala sta se v Hamptonu in se družila tri leta. Zaročena je bila za ogovornika kolumnista Henryja Rothsteina.

Wagner je ljubil lepe, mlade modele in čeprav s tem ni nič narobe, je dosledno varanje z njimi problem. Medtem ko Eva ni zdržala nenehnega varanja, se zdi Cilka več kot zadovoljna, da mu dovoli, da počne, kar hoče.

In uboga Cilka, njegova trenutna žena. Ona je tista, ki mi je najbolj naklonjena, čeprav si je morda ne zasluži v celoti. Leto po tem, ko se je poročila z Wagnerjem, je imel afero s porno zvezdnico Lacey Davies.

Hill Street Times je poročal, da je Wagnerjev odvetnik izplačal Lacey, da je molčala. Wagner je obtožbe porno zvezde zanikal, ko je priznala več informativnim organizacijam o svojem spolnem pobegu z Martinom.

Eden izmed Wagnerjevih najljubših tabloidov, The National Exposure, je nekdanjemu Playboyevemu središču plačal 200.000 dolarjev za njeno zgodbo, a je ni nikoli objavil. Verjamemo, da je lastnik Izpostavljenosti Timothy Adams zgodbo razrezal kot uslugo svojemu prijatelju Martinu.

Gemma O'Brian je povedala, da sta se z Martinom zaljubila skoraj dve leti. Povezava naj bi se začela mesec dni po tem, ko je Cilka rodila sina, vojvodo.

Ampak še vedno nisem razumel, zakaj bi kdo imel intimne odnose z nekom, za katerega so vedeli, da ima ženo. Martin ni bil tako imenovan matinejski idol in iz osebnih izkušenj vem, da ni bil sijajen pogovornik.

Edino, kar bi si lahko mislil, da so te dame pritegnile k njemu, je bilo njegovo domnevno bogastvo. Ne dvomim, da ima denar, toda dvomim, da je toliko, kot trdi.

Tako Lacey Davies kot Gemma O'Brian sta na nacionalni televiziji pripovedovala svoje zgodbe. Za razliko od Lacey je Gemma izjavila, da ne želi ničesar od Martina.

Svetu je želela povedati le, da sta z Martinom zaljubljena, ko sta bila skupaj. A čutila je, da ne more več ostati v zvezi, ki bi šla nikamor.

Lacey je na drugi strani želel pokazati, koliko v resnici je kreten Martin Wagner. Sogovorniku Macu Jacksonu je povedala, kako jo je Martin nadlegoval na dobrodelni prireditvi, dokler ni pristala, da ga bo odpeljala v njeno sobo.

Ko je prišla iz kopalnice, jo je Martin čakal na svoji postelji, gola. Trdila je, da se je potrudila, da se ne smeji čudni obliki njegovega penisa. Lacey je izjavil, da ima njegov povsem pokončni penis obliko gobe in presenetil jo je, da lahko dejansko deluje normalno.

Obramba pred navijači

Stavim, da se vsi sprašujete, kakšna je preteklost Martina Wagnerja v povezavi z njegovim trenutnim predsedniškim položajem. No, dejstvo, da se njegov odnos do manjšin in žensk ni spremenil.

Njegovi pogledi so postali precej slabši, odkar je napovedal kandidaturo za predsedniško funkcijo. Toda z Wagnerjem me nič več ne preseneča.

Kar me je presenetilo, je bil kultni odziv njegovih podpornikov po državi. Ni bilo pomembno, kako nezaslišano ali netočno so bili njegovi komentarji; podprli so ga brez postavljenih vprašanj.

Vsi so mu ploskali, ker je govoril svoje misli. Ko pa smo jim predložili dokaz nedoslednosti, napak in odkritih laži, ga zagovarjajo tako, da niso mislili, kaj je mislil.

Tako kot njihov vodja sta si tudi sama redno nasprotovala. Vsi so bili tako zaljubljeni v njega; nanj so gledali kot na odgovor na njihove težave.

Martin Wagner je v njihovih očeh postal bog in ni mogel storiti ničesar narobe. Njegova pobožna skupina podpornikov je izpustila vse, kar je tvitnil ali povedal.

Tudi tisti, ki jih je delal zanj, so branili njegove besede in dejanja. Čutili so mu potrebo, da pojasnijo njegove pripombe, ker so, ko so ga videli, "lažni mediji" vedno vrteli njegove besede, da bi se mu zdelo slabo.

Vsi, vključno s predsednikom Wagnerjem, so medije krivili za njegovo slabo podobo po državi in po svetu. Bili so slepi za to, da je Wagner in njegova ekipa to storila sama.

Če ne drugega, so nekdanjemu predsedniku Garciji očitali karkoli in vse narobe s sedanjo upravo. Wagner ni prevzel nobene odgovornosti za to, kako so njegova dejanja prispevala k pomanjkljivosti njegove uprave.

Njegovi privrženci so parodirali njegove občutke in celo šli tako daleč, da je ponovno spodbudil njegove lažne trditve. Njegov glavni svetovalec Lesley Chapman bi se lotil zračnih valov, da bi "popravil" napake predsednika le, da bi se stvari še poslabšale.

Namesto da bi odgovarjal na vprašanja, je Lesley spregovoril okoli njih in vrgel neutemeljene informacije. Poimenovala jih je celo "alternativna dejstva." Alternativna dejstva? Ali kot jih je poimenoval preostali svet, laži.

Seveda so se njegovi podporniki uživali v tem konceptu in posnemali predsednikove besede. Mediji so obtožili, da so lažno predstavljali predsednika, ko so dejansko pokazali dejanske posnetke.

Večja glasila so očitala, da je Wagnerja namerno zatiral, da bi bil videti nesposoben; Wagnerjev lasten odnos mu je naredil delo. Novica je preprosto opozorila na njegove laži in nedoslednosti. Dnevno so predvajali posnetke ob Wagnerjevih nasprotujočih si komentarjih.

Razen Lesleyja bi drugi zagovorniki šli v zrak, češ da predsednik Wagner ni nikoli lagal. Svojo obrambo bi podvojili, ko so novinarji izpodbijali resničnost svojih izjav.

Wagnerjevi privrženci so medije razganjali in jih imenovali "lažne novice". Legitimni prodajalci so se veliko zlorabljali za svoje delo in govorili resnico. Wagnerjevi podporniki so prezirali, da se je njihov vodja prikazal v slabi luči, čeprav je Wagner to storil sam sebi.

Preprosto niso hoteli priznati, da je njihov vodja lažnivec ali da so glasovali za nekoga nesposobnega. Če si Wagner ni nasprotoval, je lagal ali popolnoma izmislil stvari; mediji se ne bi toliko osredotočali nanj.

Toda najbolj čudno, kar sem opazil, je bila 180-stopinjska sprememba njegovih nekdanjih republikanskih nasprotnikov. Preden je Wagner postal predsednik, so vsi izpostavili njegovo nedoslednost in nemoralnost.

Ko je bil na položaju, se je njihov odnos do njega spremenil. Zdelo se je, kot da bi se ga zdaj bali.

Bi lahko Wagner imel kaj na sebi in ga držal nad glavo? Imel je celo nekaj senatorjev, ki so bežali v Belo hišo z vsakim manjšim incidentom, za katerega so verjeli, da ga mora predsednik slišati.

V svoji karieri še nikoli nisem videl stopnje rjavega nosu. Nisem mogel verjeti, kako blazno so sesuli predsednika. Želijo si, da bi mu privoščili uslugo in bi storili vse, da bi to storili.

Njegova vojna proti glavnim izdajam novic

Poročevalci po vsem svetu so bili napadli, fizično in verbalno, pa tudi kot tarče, namesto nevtralnih opazovalcev. Wagner in njegovi republikanski rojaki se enako držijo političnih novinarjev. Poročevalce obravnavajo kot sovražne "borce" in "pošteno igro za atentat na znake."

Predsednikovi podporniki so si zadali, da zbirajo informacije o določenih novinarjih in jih poskušajo diskreditirati. Wagner je celo tvitnil, da je njegov glavni nasprotnik ponarejene novice, ne Demokratska stranka.

Na enem od njegovih shodov je skupina njegovih podpornikov verbalno in fizično napadla tiskovni korpus, ki je spremljal dogodek. "Vsi niste nič, ampak motite sranje," je zakričala ena ženska, oči od divjanja od divjanja. "Zakaj vztrajate, da se njegove besede vrtijo? Govori svoj um, vendar te besede veliko uporabljate, da bi bil videti slab! "

"Vsi bi morali biti ustreljeni in ubiti!" je vpil drug protestnik. "Vsi ste sovražniki ljudi!"

En moški je zgrabil mojega kolega Andrewa Colemana in ga skoraj do smrti pretepel, drugi podporniki pa so zadrževali ljudi. Vsi so vzklikali: "Ubij ga zdaj!"

K sreči za Andreja je en kolega novinar pobegnil v naročje mafiji in napadalca potegnil. Poklicali so policijo in aretirali veliko podpornikov.

Le tisti, ki je napadel Andrewa, se je soočil z obtožbami in na koncu služil čas za brutalni napad. Hvaležen sem, da je moj prijatelj preživel, vendar me je spraševalo, zakaj se je to sploh zgodilo.

Pogosto sem se spraševal, kako ali zakaj so se njegovi privrženci tako globoko posvetili njemu. Ali so bili tako obupani nad nekom, ki je razmišljal tako kot oni, so se voljno lotili vsake smešne ideje, ki jo je izgovoril?

Ali so bili tako brez razmišljanja o zdravi pameti, da niso mogli objektivno videti, kaj se dogaja? Kaj je v njihovem življenju manjkalo, da bi sprejeli njegove besede kot evangelij?

Kaj je imel nad svojimi ljudmi? Strah me je za prihodnost.

Skupina Wagnerovih podpornikov si je prizadevala za zbiranje kapitala, da bi lahko preiskovali poročevalce in urednike večjih tiskovnih institucij. Ta skupina navaja, da bo razkrila vse škodljive ugotovitve za pro-Wagnerjeve medije, kot so novice XRAE.

Wagner je dolgo zameril preučevanju, zlasti iz tiska. Obsojal jih je; ki jih vsi imenujejo ponaredki in sovražniki države. Kot je omenjeno v poglavju o Hitlerju, to počnejo zato, da bi sejali nezaupanje do medijev in delegitimizirali novinarje, poročanje in dejstva.

V odgovor so mediji, ki so se ukvarjali z vestmi, okrepili svoja prizadevanja, da bi odkrivali Wagnerjeve laži in nenehne ankete, ki so le dokazale, da so okrepile Wagnerjeve anti-medijske napade. Izdaja novinarjev je povzročila zaskrbljenost med političnimi kritiki in zavezniki svobode govora.

Za razliko od prejšnjih predsednikov, ki so mahali s tiskovnimi kritikami, so Wagner in njegovi privrženci medije klicali kot partizanskega igralca na političnem prizorišču. Želijo vnesti dovolj strahu novinarjem, ki govorijo resnico, tako da bodo novinarji prenehali poročati, kar se dejansko dogaja.

Wagner in njegova baza sta vztrajala, da so bili novinarji iz glavnih medijev proti njemu, zato so njegove besede zasukali, da bi ustrezali njihovi pripovedi.

Wagner je med pandemijo ves čas kritiziral tisk zaradi slabega delovanja in počasne reakcije na resnost tega. Ko je o tem vprašal, je reporterja označil za grozno in vprašanja kot nepoštena in zgovorna.

Sovražil je, da bi se mu vrnili lastni komentarji in tiste, ki kažejo njegove netočnosti, označil za lažnivce. Vse to smo ujeli, čeprav je vsako besedo, ki jo je kdajkoli izgovoril na avdio ali video kaseti.

Kaj je torej težava z Wagnerjem?

Prepričan sem, da večina ljudi, ki poslušajo Martina Wagnerja, verjame, da je egoističen sprevrženec. Kdo je še pomislil, da je grozno, ko je rekel, da bo hodil s hčerko, če ona ni njegova hči?

No, zagotovo sem. In kdo bi si v pravem umu sploh mislil kaj takega, kaj šele, da bi to izgovoril na glas?

Gotovo je noro, kajne? No, ne ravno. Medtem ko se srečuje kot nekdo, ki ni v redu, je Wagner bolj oseba, ki ima lastnosti, ki so jih pripisali Temni triadi.

Kaj je temna triada, vprašate? Preprosto povedano, Temna triada obsega tri ključne dimenzije osebnosti. Te dimenzije so psihopatija, narcizem in makijavelizem.

Pri psihopatiji je izrazita lastnost težnja, da premalo upoštevamo misli, občutke in / ali rezultate drugih ljudi.

Narcizem kaže, da se osredotočajo na sebe namesto na tiste okoli sebe. Nazadnje je makijavelizem težnja po manipuliranju z drugimi v lastno korist.

K kateri od triade torej pripada Wagner? Pogovorimo se o vsakem, kot se nanaša na našega predsednika.

Začnimo s psihopatijo. Obstaja toliko primerov, ki kažejo, da Wagner premalo skrbi za druge, osredotočili pa se bomo samo na enega.

Kako je z njegovim prezirom do muslimanov? Pokazali smo njegovo nezmožnost empatije do posameznih muslimanov, ko je šlo za Mohamede. Številni ljudje so ga ocenili kot nepatriotsko zaradi njegove verbalne vojne s starši moškega, ubitega v Afganistanu.

Z napadom na starše, ki so izgubili svojega edinega sina, bi lahko rekli, da Wagnerju ni bilo dovolj empatije in razsodnosti v njegovih javnih družbenih interakcijah. Vsaj to je čista definicija psihopatije.

Zdaj pa si oglejmo Wagnerja in narcizem. Rad poimenuje vse, kar ima po sebi.

Zelo rad se sklicuje tudi na to, da je najboljši pri vsem, tudi ko je dokazano, da ga ni. Klasičen znak narcizma, se vam ne zdi?

In končno še zadnji del triade, makijavelizem. Zdi se, da je manipulativnost standardne kakovosti s tistimi v politiki, zato ni tako, kot da je Wagner edinstven v tem, da je manipulator.

Ali obstajajo dokazi, da je Wagner izkoriščal druge za lastno korist? No, v številnih časopisih je veliko člankov, ki razpravljajo o Wagnerju, ki se preobleče kot svojega lastnega predstavnika.

Ti tiskovni predstavniki, aka Wagner, zagovarjajo dejanja svojega "šefa". Gre za učbeniški primer makivelističnosti. To je manipulacija drugih za lastno korist s nepoštenim in sebičnim vedenjem.

Kakšna je torej razsodba? Martin Wagner je temelj glavnih značilnosti vseh vidikov Temne triade. Je nejevoljen, samovšečen in manipulativen. In seveda, njegova baza ga širi kot žejne pse.

Pandemija

Mnogi ljudje mislijo, da je 19 v COVID-19 pomeni, da gre za devetnajsto različico virusa. To je narobe. Pomeni le, da se je virus začel leta 2019, toda tisti, ki mislijo drugače, si ne bodo premislili.

Začelo se je na mokri tržnici v Wuhanu na Kitajskem. Za razliko od mnogih teorij zarote je to resnica. Začelo se ni v laboratoriju na Kitajskem niti v Winnipegu v Kanadi. Moti me, ko ljudje odvrnejo takšne teorije, ne da bi se potrudili.

Moral bi vedeti bolje kot dovoliti, da mi to uspe, ker ne morem storiti ničesar, kar bi si lahko premislil. Ko bi le vedeli, kako smešno se slišijo, ko ponavljajo takšne neumnosti, sem prepričan, da bi to nehali početi. Ampak to ni odvisno od mene, zato bi moral samo molčati in nadaljevati.

Torej, pandemijska kriza COVID-19 je svet obvladala v začetku leta 2020. Odziv našega 'čudovitega' poveljnika je bil slabši. Toda v treh letih, ko je bil na položaju, me to v resnici ni presenetilo.

In to ne bi smelo presenetiti nikogar v tej zadevi. V ustreznem času se ni odzval. Njegovo odzivanje se je začelo leto in pol, preden se je pojavil koronavirus.

Uprava je v drugi polovici Wagnerjevega mandata začela odpravo ekipe, ki je bila odgovorna za pandemijo. Wagner je odpustil vodstvo in nato spomladi 2018 razpustil ekipo.

Skupaj z zmanjšanjem so bili redni pozivi uprave, naj zmanjša sredstva za CDC in druge javne zdravstvene agencije; bilo je jasno, da Wagnerjeva ni bila prednostna naloga njegove sposobnosti, da se odzove na izbruhe bolezni. Strokovnjaki opozarjajo, da je ta nepazljivost pripravljena, zakaj sta Wagner in njegova administracija nenehno prenašala odziv na pandemijo COVID-19.

Kljub temu, da je v poznih tednih sprejel ukrepe za boj proti kritikam, je škodo v očeh zdravnikov že storil. Testiranje je bilo prvi znak množičnega neuspeha.

Južna Koreja je v prvih dneh prvega primera, ki ga je prenesla Skupnost, testirala več kot 66.000 državljanov. V nasprotju s tem so ZDA potrebovale skoraj tri tedne, da so opravile enako število testiranj. V državi, ki je veliko bolj naseljena kot Južna Koreja, zdaj napovedujejo slabši izbruh kot druge države.

Pred izbruhom koronavirusa se je zvezna vlada dobro odrezala v svojih poskusih, da bi upočasnila epidemije, kot sta H1N1 in Zika. A ne pod Wagnerjevo uro.

Wagner je namesto tega skušal oslabiti grožnjo s koronavirusom. Pošiljal je tweete, v katerih je primerjal koronavirus in gripo, kar ni pomagalo. Novi koronavirus se kaže kot precej slabši od gripe.

Wagner je nato odkril pomisleke v zvezi z virusom, saj so demokrati samo preprečevanje, da bi preprečili njegovo ponovno izbiro. Nato je na nacionalni televiziji izjavil, da je bila stopnja umrljivosti bistveno manjša, kot so napovedali uradniki za javno zdravje. Osnova te izjave je bila samo samooklicana predstava.

Na vprašanje, kakšna je njegova odgovornost za postopek podstandardnega testiranja, je zanikal vso odgovornost. No, je. Niti enkrat ni prevzel odgovornosti za to, kar ima ali česar ni storil.

Kljub prizadevanjem svoje uprave za povečanje poskusov boja proti pandemiji je Wagner še vedno zaskrbljen. Predlagal je celo, da bi lahko ukrepe za socialno distanciranje odpravili v nekaj tednih, ne pa po mesecih, kot so svetovali strokovnjaki, verjetno.

Za razliko od prejšnjih opustitev dogodkov, kot so orkan Marija in številni drugi oviri, je pandemija COVID-19 svojo vlado pustila nepripravljeno na izziv. Vse se je začelo, ko so se odločili, da bodo deprioritizirali sposobnost zvezne vlade, da se odzove na okužbe, kot je bilo navedeno prej.

Wagner je svoje odločitve zagovarjal z argumentom, da mu ni bilo všeč, da je na tisoče ljudi zaposlenih, kadar jim to ni potrebno. Dodal je, da lahko te delavce hitro po potrebi ponovno postavijo.

Strokovnjaki menijo, da pripravljenost za pandemijo ne bi smela delovati tako. Navajajo, da mora biti načrt za pobeg pripravljen pred časom.

Ne čakate, da se zgodi izredni dogodek, preden naredite načrt. Ko se je pandemija poslabšala, je Wagner končno sprejel ukrepe za odgovor na težavo.

Sprva se je osredotočil na omejitev potovanja na Kitajsko in iz nje, kar je na koncu vključilo tudi Evropo. Kitajske omejitve so jim morda kupile nekaj časa, vendar Wagner in njegova uprava tega časa nista izkoristila v svojo korist.

Celo konservativni strokovnjaki so Wagnerja kritizirali zaradi njegovega pomanjkanja vodstva. Klicali so njegovo počasnost, da se je odzval toliko časa, kot je zapravil in zapravil dragocen čas.

Kot ponavadi ni hotel verjeti informacijam, ki so mu jih dali; namesto tega je predstavil svojo neutemeljeno hipotezo in podatke iz svoje najljubše postaje za kablovske novice, XRAE. Wagner je zavrnil svoje napake pri zagotavljanju informacij javnosti za jasno razumevanje dogajanja.

Soočanje z zaostankom je od takrat krizo jemal bolj resno. No, v javnosti vseeno. Za zaprtimi vrati se pojavljajo govorice, za katere je prepričan, da COVID-19 ni tako slab, kot so ga izpostavljali mediji.

Poleg tega, da je imel naslov Ovalnega urada, je dnevno pripravljal poročila za tisk in sestavil delovno skupino, osredotočeno na pandemijo. Ta delovna skupina je javnosti predstavila smernice za izogibanje skupnim prostorom, kot so parki in plaže, pa tudi velikim shodom.

V nasprotju s tem, kar so svetovali strokovnjaki, je Wagner nadaljeval lastno retoriko. Pohvalil je klorokin kot zdravilo proti koronavirusu, strokovnjaki pa so opozorili, da ni dovolj dokazov, ki bi ga ocenili kot primerno zdravljenje.

Nasprotoval je tudi opozorilom strokovnjakov o socialni distanci. Strokovnjaki so se mesece postavljali na socialno distanco. Wagner je imel pojem, da je morda le nekaj tednov. Nato je svoje tiskovne brifinge uporabil za napad na medije, ko bi ta čas lahko izkoristil za skladno sporočilo ali preprosto dovolil, da njegovi strokovnjaki govorijo.

Medtem je odziv politike še vedno zaostajal. Razen pomanjkanja testiranj je pomanjkanje medicinske opreme in zalog OZO za pomoč pri izbruhu bolezni.

Zdravstveni delavci se pritožujejo, da nimajo dovolj, čeprav Wagner trdi, da svoje zaloge uporablja za pošiljanje potrebne opreme tja, kjer je to potrebno. Delavci podjetja Frontline so trdili, da jih sili k ponovni uporabi opreme, ki je lahko onesnažena, ali pa se sploh ne odločijo za delo.

Zaradi Wagnerjeve zamude pri proaktivni prehitevanju pred pandemijo imamo v ZDA več smrti kot v celotni vietnamski vojni. Kako je lahko predsednik na to ponosen? Nenehno se je hvalil, kako na vrhu sta on in njegova uprava že od začetka.

Res? Na začetku je trdil, da smo le pri petnajstih primerih in da jih ne bomo imeli več. Zdaj je več kot milijon primerov COVID-19 z več kot 63.000 smrtnimi primeri. Kaj je narobe s to sliko?

Lesley Chapman, še en trn v mojo stran, kot tudi vsak drugi glavni novinar, je nekdo, ki ne razume, kako povedati resnico. Tudi ona kot Martin je tiska gledala kot na sovražnika države.

Večino nas je razdražila, ko smo se pogovarjali nad nami, ko smo poskušali opozoriti na njene netočnosti. Pogosto bi z vprašanjem poročevalca uporabila dvogovor ali odklonil.

Če bi ga lahko tako imenovali, sem imel veselje ob intervjuvanju s Chapmanom za delček Wagnerjevega odziva na pandemijo. "Lesley, zakaj predsednik Wagner vztraja, da imamo to pod nadzorom, če vsi dokazi navajajo drugače?"

Lesley je zbadala svoje beljene blond lase, kljubovalno. "To imamo pod nadzorom, Emerson. Ne vem, kje dobivate tako imenovane dokaze. "

"Od CDC-ja, NJEGOVEGA -."

"Ne, nisi," je prekinila. "Vsi se strinjajo, da se pri tej krizi počutimo fantastično."

Ohranil sem se zbranosti, vendar ji nisem hotel dovoliti, da bi sama predstavila svoje dokaze. "Daj, Lesley; ne moreš biti resen -. "

"Kako nisem resna? To pandemijo rešujemo bolje kot katera koli druga država. "

Začutil sem, da sem se z njo opogumil, vendar sem dal vse od sebe, da sem ohranil zbranost. Pogledal sem jo v oči in pokazal sem, da se ne bom motil zaradi njene taktike.

"Veste, da to ni res, Lesley. Zakaj vztrajate pri izvedbi te lažne pripovedi? Ljudje umirajo in zdi se, da vaša uprava ne skrbi. "

Lesley se ni nikoli mahal. "O čem govoriš, Emerson? Da, izgubili smo življenje, vendar ga imamo pod nadzorom. Kje dobivate svoje podatke? "

"Povedal sem vam. Njegova spletna stran, CDC, spletna stran in spletna stran HHS. Naj nadaljujem? "

Za trenutek sem prisegel, da sem v njenih temno modrih očeh videl namig jeze. Zavrnila je, da ni sprejela mojega odziva in nadaljevala s hrepenenjem o drugačni temi.

Intervju sem prekinil, preden je lahko nadaljevala. Kot pri vsakem pogovoru z njo ali Wagnerjem sem moral tudi jaz potem vzeti nekaj zdravil za glavobol. Glede na to, kar so mi povedali, velja tudi za vsakega drugega poročevalca, ki je govoril z njimi.

Veseli me, da oče ni tu, da bi to videl. Če bi bil jezen zaradi škandala z Nixonom, bi bil z Wagnerjem skozi streho v strehi. Za razliko od Nixona bi moj oče videl ravno skozi Wagnerjevo fasado.

Morda je bil trmast moški, toda moj oče še zdaleč ni bil neumen ali naiven. Ne bi padel za Wagnerjevim hokus-pokusom in bi ga javno poklical na to.

Paul Montgomery nikoli ni zdržal dvojnega pogovora, Wagner pa ni bil prav dober. Moj oče se je rodil tik pred začetkom druge svetovne vojne in spomnil se je, da mu je oče pripovedoval o Hitlerju.

Grozljive zgodbe o holokavstu so ga zgrozile in prisegel je, da se v življenju ne bo nikoli več dovolil. Če bi videl, kaj se dogaja zdaj, bi storil vse, kar je bilo v njegovi moči, da bi to ustavil. Zdaj je na meni, da izpolnim njegovo zapuščino. Samo nisem prepričan, da bo to storila tudi ta knjiga.

Moja opažanja

Že od škandala Nixon / Watergate me je politika očarala. Spominjam se, ko se je zgodba zlomila, koliko so moji starši kolesarili. Moj brat in jaz smo odraščali v gospodinjstvu z enim večjim razkopom. Naši starši so se strinjali o vsem, razen o politiki. Mama je bila pobožna demokrata, moj oče pa močan republikanec. Moj oče je redno slišal, kako demokratični prebivalec ne bi bil dovolj neumen, da bi to storil.

V zgodnjih fazah škandala se je oče po svojih najboljših močeh trudil braniti Nixona. Ko so dnevi minevali, mislim, da je končno spoznal, da je človek, za katerega je glasoval, prekršil zakon in si zaslužil ne glede na njegovo kazen.

Nikoli za trenutek nisem pomislil, da bomo imeli vodjo, za katerega se zdi, da ima nevidno moč nad ameriškimi državljani, kot je to storil Nixon. Izkazalo se je, da sem imel prav. Končali smo pri predsedniku, ki je bil toliko slabši. Naj nadaljujem z zgodbo o zloglasnem Martinu Wagnerju.

Wagner in njegovi podporniki ga doživljajo kot vseprisotnega vodjo, ki ne more storiti nič narobe. Imel je kultno sledenje, ki spominja na Jima Jonesa in Davida Koresha. Vzeli so vse, kar jim je vodja povedal ali tvitnil kot evangelij.

Tudi ko je tisk dokazal, da netočnosti in laži niso bile, kot je trdil; njegova frakcija je odločno in ga slepo branila. Trdili so, da bo tisk storil vse, da bi predsednik postal grd. Pohvalili so ga, da je govoril svoje misli, samo da se je obrnil in trdil, da ni tisto, kar je mislil, ko smo poklicali o nenatančnosti.

Kritizirali so mainstream medije in levičarske skupine. Tiskovni predstavniki predsednika bi šli po radiu in televiziji, da bi branili Wagnerja in njegova dejanja.

Govorili bi o postavljenih vprašanjih in se izognili neposrednemu odgovoru, če bi sploh odgovorili. Namesto da bi novinarjem dovolili, da opozarjajo na nedoslednosti, bi spregovorili o njih, da bi zmedli tako novinarja kot gledalce.

Od vseh Wagnerjevih tiskovnih predstavnikov se je najslabši kršitelj izkazal višji svetovalec Lesley Chapman. Ne samo, da bi govorila prek gostitelja, sprožila je vprašanja in ni dovolila, da bi kdo odgovoril, kot sem že omenil.

Pogosto je dajala razlago predsednikovih besed, ki so bile v nasprotju s tem, kar so dejansko povedali. Zdelo se je, da je Lesley z veseljem dodal vse, kar je predsednik počel.

Predsednik in njegova uprava sta celo pohvalila skrajne desničarske protestnike in jih imenovala dobre ljudi, tudi ko so ubili človeka na drugi strani protesta. Wagner je trdil, da je mlada ženska spodbudila njeno smrt tako, da se je norčevala z drugimi protestniki.

Wagner je šel celo tako daleč, da je ljudi spodbudil, da bi med pandemijo protestirali proti naročilu za bivanje doma. Gospodarstvo je želel odpreti kljub velikemu številu smrti zaradi COVID-19. Zdi se mu, da ne skrbi ljudi ZDA. Wagner je bolj skrbel za gospodarstvo kot za dobrobit ljudi, ki so ga bili izvoljeni za služenje.

Njegovi trdni podporniki se nikoli niso odrekli njemu in ga gledali kot največjega predsednika ZDA doslej. Trdili so, da je v svojem prvem mandatu dosegel več kot katerikoli predsednik, čeprav ni dokazal, da bi trdil. Razen če se niso sklicevali na njegove dosežke, da bi si razdelil državo, dovolite, da ljudje umrejo zaradi njegovega pomanjkanja vodstva, in spodbudili desničarske skrajneže, da se lotijo njegovih ponudb.

Njegovi republikanski nasprotniki, ki so nekoč ostro kritizirali Wagnerja zaradi njegovih stališč in morale, so se zdaj upogibali nazaj, da bi bil predsednik srečen. Zdi se, kot da bi jim bili vsi možgani oprani, tako kot tisti v Hitlerjevi dobi.

Vsi vidijo Wagnerja kot drugi Kristusov prihod, medtem ko ga je preostala država in preostali svet videl takšnega, kakršen je v resnici - narcisoidnega pritajenca, ki je moral zaničevati druge, da bi povečal svoj ego.

Upamo, da je Wagner le en mandatni predsednik, ker je država postala šala namesto voditelja svobodnega sveta, kot je bila nekoč.

| Stran